行走的人

獲致幸福的恬靜藝術

大衛・勒・布雷頓 David Le Breton——著
粘耿嘉——譯

Marcher la vie

Un art tranquille du bonheur

【齊聲推薦】

踏出過度安逸的生活

作家／部落客／登山者　城市山人　董威言

人類因探索而成長，文明因野性而輝煌。身處現代社會，過度的安全、舒適和便利，卻易於引致精神困頓、性靈空乏的弊病。有鑒於此，學習做個「行走的人」，正是幫助我們重拾純真與幸福的不二法門。

邁開前往幸福的步伐

牙醫師／作家／環保志工　李偉文

因為科技進步，我們得以享有方便舒適的生活，但許多的美好也隨著時代消失，長程徒步旅行是其中最可惜的。幸好這本《行走的人》，提醒並激勵我們，暫且遠離螢幕，起身，走向幸福。

· 致Hnina ·

① 亨利·米肖（Henri Michaux 1899-1984）：法國詩人、畫家。

② 阿蒂爾·蘭波（Arthur Rimbaud 1854-1891）：19世紀法國著名詩人，超現實主義詩歌的鼻祖。

「我們感受到事物的脈動……
我們感受到地球的曲度……
因著水與葉，我們成為姊妹。」

——亨利．米肖①〈間者〉引自《內部的空間》

「我走過，邊喚醒強烈又溫熱的呼吸，
而寶石張望，且羽翼無聲展開。」

——阿蒂爾．蘭波②〈黎明〉引自《彩畫集》

目錄_

動身行走

「我不是為了回春或避免老化而走，
而是為了維持健康或探索而走。
我藉由某種生命的行動力與對輕盈的需求，
如我夢想般，如我想像般，如我思考般行走。」

——喬治．皮卡德《近似流浪者》
（Georges Picard 1857-1943 法國畫家）

尤利西斯經常需要完成繞行世界的任務，並在迷失於無數混沌之中後才回到伊塔卡。即使他家一旁的山丘斜坡或是兩步距離外的河岸就有出口，他還是得繞道，有時還繞到世界的盡頭，才能有所領悟。這樣一個地方總是數不清，因為我們一直不停地在尋找。所有的旅程都與尋覓這樣一個地方有關，這樣一個地方會使「存在」自某種立即的認知與愉悅中被突顯出來。每個人都在尋找自己在世上的重生之地。某種內在的磁力引領著我們，是一種滿懷信心要抓住機會的意志。並不見得要到多遠的地方。「有時候，我想要漫步的距離就三十公尺，彷彿是流動的空氣吸引了我。我自忖我的人生將會來找我。我像是獵人一般，為了找到我的人生而行走。當長滿小紅莓的山丘上，那無樹的斜坡出現在我身後，我的思緒才真正綻放。在吹拂的風中或所有令人愉悅的事物中，有一股悄然的影響，一股土壤所呼出的蒸汽，一股良善，一道浮上我的心頭。」梭羅如此寫道。我們確實在某些地方具有「他們正等待著我們，且不曾間斷地縈繞在我們腦海裡」的感受。這並非是一種新發現，而是一種回歸。時間流逝，所有的個人歷史都聚集在此刻。光不再是沐浴平凡生活的光，而是另一個我們正好要進入的世界。現實的另一個維度開啟，以寧靜和美麗作為標誌。有時在那裡占據主導地位的沉默是一條空中河流，它裹住步行者，帶著步行者在波流中前行，使其感官更加敏銳，並擴大與世界運行完美無瑕的共鳴感受。某些地方或許還帶有意識，會嘗試告訴過路者，它們見到過路者在其領地踩踏時如何滿心歡喜。我們要不倦地去尋找這些地方。有時無疑需要幫助眾神，在我們經過時幫助祂們閃耀榮光。我們必須確實在這個時刻出現在該處，同時具有「它在等候我們大駕光臨，並且以一種餽贈不求回報的方式，只為我們而出現在那裡」的感觸，抑或是具有「平和與合而為一」的感觸，如此才能讓風景臻至完美。

我對步行及在扉頁上運筆書寫毫不厭倦，我沒想過會寫第三本關於步行的書。除了《行走的禮讚》和《行走：路徑與緩慢的禮讚》，現在又多了一本。我簡直不敢相信時光如此飛逝。但這些年來，我對步行的愛好不停燃放。而且二十多年來，步行在全球大獲成功，這與根植於我們社會的價值觀大相逕庭。此一屬於當代的熱情，對同一名步行者來說結合了多重意義，即透過身體重拾世界，打破過於一成不變的生活，用探索、暫止終日的煩惱，渴望重新開始、冒險、際遇等來把時間填滿的意志。平凡的生活往往是由眾多急事積累而成，讓人無法把更多時間留給自己。行程通常滿檔。但其他原因使步行成為一種求助方式，甚至是對當代世界趨勢的抵制，這些趨勢剝奪了每個人一部分的自主權和做自己的樂趣。

過去我們出於必要，在無法購買自行車、摩托車或汽車的情況下，以步行抵達目的地。步行前往並非特權而是必要。路徑沒那麼重要，重要的是目的地。即使在今天，對於世界各地的許多人來說，四處移動是窮人或別無選擇的移民才會做的事。自一九八〇年代以來，在我們的社會中，步行已成為全世界愈來愈受歡迎的休閒活動。在像聖雅各之路或義大利的法蘭奇納古道這樣的長途健行路徑上，我們會遇到來自全世界、各年齡層及各種社會階層的男女。如今我們步行去旅遊，探索這個國家，享受後腳併著前腳，體驗一連串驚喜與贊同之外，無所牽掛的時光。正如二十世紀偉大的英國健行者，亦為維吉尼亞・吳爾芙之父萊斯利・史蒂芬①所描寫一般，「真正的步行者乃是一名追求將樂趣建築在自己身上的人，但這份追求所需的強健體能，實際上並不足以將自己達到某種程度的稱心如意之上」。

從此以後人們安坐著，百無聊賴。在手機、電腦或電視螢幕前，在汽車駕駛座上或辦公室裡，久坐不動乃是一項最主要的公衛隱憂。在一九五〇年代的法國，人們平均每天步行七公里，如今卻不過三百公尺。與我們同年代的許多人，除了在他們的公寓裡做一些家務事或前往取車及下車外，都被幾乎沒在用的身體所困。身體是被動的，是一種可以從一項活動被帶往另一項活動的物體，但由於借助無數的進步技術，利用電扶梯和電動步道走向汽車，或利用滑板車，或利用電動自行車而取代身體活動，使得身體的移動降到最低限度。我們運送自己的身體，但身體卻不再運載我們。對於絕大多數的當代人來說，運動身體不外乎一種休閒活動，但矛盾的是，它經常是在地理上固定不動，並在單調健身房內的跑步機上或走或跑，虛擬式沉浸於模擬的風景畫面，雙眼直視電視或手機，雙耳戴著耳機的情形下完成。在這些狀況下，是不可能深入愈來愈害怕的內在本質之中。運動的本身變成工具，作為維持健康和身形的責任，它只是漫無目的地空轉，無關乎砍柴、在花園翻地或在樹下採摘水果，也與徒步

①萊斯利．史蒂芬（Leslie Stephen 1832-1904）：英國作家、批評家、歷史學家、傳記作者和登山家。

去購物無涉。在遠離這世界陣陣風吹的健身房內，可能會帶來一些永遠不會發生在戶外環境之中的驚喜情況，而是發生在一個單調的科技世界和受控制的行程表中。

從此意義而言，對步行的熱忱抵銷了這種固定不動且順從科技的趨勢。身體、感官、情感的頌揚、整個人動了起來、活躍於世，步行會與個人以及存在的知覺重新取得聯繫。道格・皮考克①寫道，當他步行時，通常是在第四天或第五天之後，他「失去了對咖啡因、酒精、糖、脂肪、鹽的所有渴望；相反地，我非常謹慎地滿足我最基本的生理需求」。當然，固定步行有助於健康，但僅為此原因而步行則是一種清教主義，一種趨於乏善可陳的應盡責任。

步行者再度起身，讓身體又派上用場，他調動仍然未知的資源，即使他一直久坐不動且困在相同的例行公事中，卻得以不同的方式重新發掘自己的身體，許多與缺乏體能運動有關的病痛在持續數小時或數天後消失。這種努力不曾被體驗過，步行並非一項責任，而是一種遊戲，為了尋找童年時那種無所牽掛而繞道前行，有時在孤獨中表現得熱情洋溢，這通常沒有旁人見證，在那裡我們跳舞，我們唱歌，在完全忘懷社會關係核心中自我展示的要求。就連衣服都強調無拘無束，不在意常規，套件短褲、

T恤、襯衫或泳衣、有邊帽、無邊帽，有時搭配沾附汙泥或浸溼的鞋子，恍若精緻廊街的殘跡。但是當我們到達農舍或民宿時，沒人會有方便上的掛慮。在最初幾個小時或幾天的不適之後，身體已能屈能伸，能放鬆，能歡慶再次沉浸在早就忘卻的感覺中，能在身體主動消耗體能時感到歡愉。在監獄裡，囚犯仍有權可以散步，即使只是從一堵牆走到另一堵牆，也能讓身體動起來，讓心靈透氣。納爾遜・曼德拉②每天都在狹窄的牢房裡步行數公里。獄卒強迫他勞動碎石，通過肯定他的願望，他步行恢復生機。在《行走的禮讚》一書中，我花長篇幅講述這些被剝奪自由的男男女女，他們如何透過在腦海及牢房中行走，終能僥倖脫離苦海。

此外，在超連結的世界中，對話變得稀罕。當對話方酣時，原本人還在現場的對話者，卻在其手機鈴響後突然消失，或者是嘮叨查找某人傳來的訊息，上了癮般反覆從其口袋裡掏出手機，這都使交談中的對方退居第二線，繼而打斷彼此對話。對話消

① 道格・皮考克（Doug Peacock）：美國博物學家、戶外運動者和作家。
② 納爾遜・曼德拉（Nelson Mandela 1918-2013）：1994年至1999年間任南非總統，他是第一個由全面代議制民主選舉選出的南非元首。

失卻使通訊得利，後者意味虛擬性、距離、靈魂投射、身體或精神的缺席。反之，對話需要可得性、對他人的關注、沉默與面容的價值。步行確切地重新建構存在的深度，它是為了在這些愈來愈慎重的時刻與周遭親人重聚的有力工具，而我們都關心對方並共享這些恩典的時刻。就連原本該是交流最密切的家庭聚餐，也轉而消失，變成個人吃個人的，每個人在自己的時段來取菜，再去坐在扶手椅上，或是去超市買完現成的餐點後回房，再緊盯著自己的螢幕。在許多家庭裡，用餐逐漸變成了遊魂大會，他們不專心進食，不注重食物的口味，對他人的存在漠不關心，全都被自己的手機吸引。與小孩一起步行，對他們來說是一個可長時間相處的寶貴時刻，一個重聚和傳遞的時刻，為他們分享不尋常的經驗，這是難得可以共處的場合之一。但這些相互關注的時間，適用於沒有手機干擾下一起散步的戀人、朋友及親人。一起散步是對交談的禮讚，對他人可用的禮讚。至於獨行者，他在一處地點，對活動持開放態度，沉浸在他的遐想中，沉浸在無盡的內心對話之中。

步行也是對獲利、效率及競爭需求的一種斷裂。我們以每小時四、五公里的速度前行，而搭乘飛機大約需要十幾個小時才能橫渡大西洋。一天的步行行程，換作車程不過半小時。要求緩慢及自我的步調，不被任何外部權威所支配，並拒絕為了節省時間和浪費生命的科技。此外，步行是一項不帶競爭性的體能活動，完全是為了享受當下。步行需要謙虛、耐心、緩慢、迂迴，步行維持在物質資源的限度內，不尋求徒勞的壯舉，步行得適應地形的崎嶇、彎曲或障礙。它不與時間賽跑，不需爭取留下與個人印記有關的元素，而是採取迷失在風景中的平和意志，絕不看作是要征服對手。大自然是一個仁慈的夥伴，讓人可以在封閉的都市環境之外尋找到另外一層人生的指引與方向，讓人生再次可以運作起來且變得有可預期性，但這不代表大自然的一切是清晰明白而不帶神祕的。太陽、雨、風的接觸與感受都不再只是透過某種人為的機制去理解，不管是社會或是建築，這些人造的東西是一種理性計算的產物，因而它們會完全排除掉自然現象可能帶有的某種神祕感。步行者放慢了世界的速度，以徹底重拾世界。他們滑入另一個時間維度，在那裡凡事都不再匆忙，得以自由停下去品味風景或休息。

在我們這個著重物質的社會裡，步行是花幾個小時或幾個星期的時間深入自己的內在，從日常生活的煩惱中解脫出來，它調和了沉思的生活與身體的活動、思考與行動、內在精神及對土地的掛慮，關注環境及他人。當代人傾向於拒絕宗教，但會經常經歷超越世俗的時刻，此時內在神聖的一面爆發。朝聖，或一般的步行均有利於這些引起熱切生存感的情緒。在一個功利主義的世界裡，一切都必須被利用，否則就會消亡，於是步行便召喚起無用者的熱情。步行說來毫無用處，卻也讓時間不那麼平淡。步行在財務或專業上不會帶來任何好處，但它卻能裨益於發掘自我，強烈刻劃經歷過的時刻。步行重回純粹慷慨的生活，無須其他驗證。最常發生的情況，是我們的日常行為，除了它們的使用價值之外，與所有價值都無關。對日出或日落的沉思，對某些風景的發現，對懸崖、岩石，逐漸貼近的閃耀湖面，或甚至引導其進步的這種自由感觸，都讓步行者擁有和宇宙重逢的感覺，且沉浸在一個重新開放的世界中。空間對於徒步旅行的人來說可以是充滿了聖性的場域，步行的時間也劃分出來，自義務中切割，有一個例外的時刻，是強烈經歷過的，且有時會深刻烙印在回憶之中。隨著進步的過程，它讓共生與浮現出來的周遭世界得以發展。

在以衝突和個人競爭為標誌的社會連結中，我們愈來愈少同在，但愈來愈多的競爭，步行可以恢復文明及團結。這些路徑描繪了一種具體的民主，它將所有社會階層、年齡層的人聚集在一起共同努力。企業負責人與工人、教師、醫生或僱員摩肩接踵。確實，大多數的步行者都在四十或五十歲以上，並且更多屬於中產階級或特權階級。而且還必須要有時間，不必整天從事繁重的工作。但路徑是罕見的地方，呈現社會、文化或世代差異，卻也絲毫不會妨礙彼此遭遇、交流、互助。

在一個冷漠且充滿無數①義體的世界（由汽車起始），存在的感受最常被抹除。追求出現的強度，是作為世間上身體或身體關係越發靜止不動的回應。這樣的追求在年輕一代尤其鮮明，他們投入參與許多冒險行為或危險遊戲，但這也反映出戶外體能及體育活動、冒險活動愈來愈風行，對馬拉松或越野競賽的熱情表現，吸引許多我輩現代人。所以步行者沒有遭嫉妒的理由，他們也在尋求感官，但是以他們的方式，刻意遠離危險或表現。

動身行走在路徑上是一種重獲人生喜悅的簡單方式。行走帶有「存在」的強烈意涵，由其字源「ex-sistere」便可看出，遠離一個固定的所在，走出自我。取小徑、路

① 義體：與義肢相近。不僅限於二十一世紀初的四肢、義眼、義鼻等技術，技術拓展面延伸到了整個人體，包含強化外骨骼系統技術、仿生技術、生化器官技術、奈米機器人技術等。

徑行走，是一種對我們後現代社會一些重要價值的嘲諷。

由於不斷的都市化且利於流浪的土地逐漸減少，許多小徑或路徑因而消失。此一過程由來已久，早在一九〇二年，萊斯利・史蒂芬便對這種供漫步的開放空間逐漸消除深感遺憾，不過他仍然如此寫道：「然而，在鐵道的路線之間，還有許多田野尚未被護肝藥丸的廣告招牌給汙染」。即使穿越的路徑確實受限，但它們仍在，讓人得以花費幾小時或數個月的時間展開美麗的逃脫。

想像的道路

「我相信這些峽谷、小山丘及青翠的臺地蘊含著知識及不可或缺的身體平衡，我們可以徹底敞開心靈，在這個區域內飲水、踱步。」

——道格・皮考克《腦內的戰爭》

我們不僅夢想著步行，也被步行夢想著。我們在啟程之前，會產生無止境的旅行想像，足以令人長出翅膀，且早在跨出第一步前數月，便已點亮旅行的想像。這陣灌注渴望的風比自小徑四方吹拂而來的風先行而至。因為即將來臨的各種狀況、新發現、無限的時間，而產生幸福的期望。行走早在出發前便已存在，它能啟動步行者的思考，引導步行者事先閱讀與搜尋資料，和已經對前往目的地有所經驗與認識的人交流。正如加斯東・巴舍拉①所強調，為歡慶活動所做的準備即是歡慶活動本身的一部分。「滿載著希望去旅行比到達目的地更加值得。」羅伯特・史蒂文生②如此寫道。想像帶領著步行者，並為其解開煩憂，且將步行者拋入日常的緊繃生活裡所釋出的時光之中。

對其他人而言，他們對出發的熱切期盼是他們生活品味的附加物，一種對生命強度的寧靜追尋，一種復原，使得下次啟程的夢想再度清晰起來。某些行程的各個階段，早在步行者抵達這些階段前，便已刺激著他們。步行者已於內心的宇宙中見識到這些階段。

年輕的洛里・李[3]於一九三五年，用整年的時間在西班牙步行，在內戰的前夕，沿著家畜季節性移動的路徑及驢車行經的小徑，從維戈走到安達盧西亞。他在夢中無止境地行走，「自我最早的童年以來，便想像某天沿著一條布滿白色塵土的道路行走，穿越壯麗的橘樹林，這條路引領著我直到名為塞維亞的城市。」他孩提時代的夢想將他帶離英國西部灰濛濛的出生地。本篤會修士法蘭索瓦・卡山濟納—特維迪[4]在出發前往奧弗涅的塞紮里耶山之前，仍記得他透過想像在地圖上遊走，預想在路上會有新發現的幸福。閱讀ＩＧＮ[5]健行地圖「足以媲美其他類的閱讀，令人無法抗拒，且有時候我在研究地圖、浸淫於細節並探究其祕密時，睡意便向我襲來……夏瑪胡山

---

① 加斯東・巴舍拉（Gaston Bachelard 1884-1962）：法國哲學家。

② 羅伯特・史蒂文森（Robert Stevenson 1850-1894）：英國蘇格蘭小說家、詩人與旅遊作家，也是英國文學新浪漫主義的代表之一。

③ 洛里・李（Laurie Lee 1914-1997）：英國詩人，小說家和編劇。

④ 法蘭索瓦・卡山濟納—特維迪（François Cassingena-Trévedy）：神學博士，現任教於巴黎天主教大學。

⑤ ＩＧＮ（Institut Géographique National）：國家地理學院，負責管理法國以及其海外屬地的地理資訊。

區在地圖的扉頁上以最顯眼的灰色標示，使我打從心底感到入迷，然後我盯著兩處幾乎是圓形的藍色斑點，那是拉戈迪韋爾的雙子湖」。不過走路前往他方的渴望無所不用其極。安端・德・貝格①之所以開始攀越阿爾卑斯山，源自其閱讀過的一篇文章：「我讀到一九九三年八月十二日週四《解放報》裡的一篇文章，標題為〈獨行健行者的遐想〉，這篇文章獻給羅傑・波蒙②，對我來說，他很快就轉化成一個神話般的角色，十多年來讓我一直都想要完成這趟步行。我得追隨他的步伐。」至於我，我是大約八歲在利曼時，某天在《西法蘭西報》讀到一篇有關亞馬遜河流域的文章，令我目眩神馳。該記者回想起一個還有北美印第安人生活的世界，而我們的社會仍對他們一無所知。我產生對亞馬遜流域的渴望，對這個最終會消失或重新發展之地的渴望。直到今日我還是能再看見這篇文章。即使當時我不會這麼想去那裡步行，我對巴西的夢想卻是從那天開始蘊生。正如我前往孔波斯特拉的渴望是源自某個重返當地的人所寫的遊記，該遊記喚起一股期盼，希望自己也能體會這些教人讚嘆的時刻。長途的步行經常是透過到訪者寫出的遊記而成行，遊記中的故事深植人心，創造出一種骨牌效應，以及一種對自由、新發現的渴望。一部紀錄片、一部影片、一本小說及一段某處聽來的話語，會突然喚醒長久以來所埋藏，但影像清晰的偶然渴望。接著人生的事件、遭遇多少有機會讓人完成行程。即使行程未能實現，還是能繼續滋養夢想，而或許目的地比較容易到達的其他步行行程，可以一步步更接近這份長久以來所埋藏的偶然渴望。

---

① 安端・德・貝格（Antoine de Baecque）：法國歷史學家、電影和戲劇評論家及編輯。

② 羅傑・波蒙（Roger Beaumont）：出身自法國巴黎郊區，曾繪製若干第五號長距健行步道路線圖，並撰寫最初數個版本的登山指南。

步調

「我們明白何以真正的旅程是存在於人的內心世界，特別是當一個人在重建自己內在的時候，而不是發生在外部現象界的時空之中。因為這種自我的重建發生的場域是在人的內在，在我們的內在意識之中，時間或事件的發生序列跟現象界可能會是不同甚至相反的。就好像一個人所習慣的某種世界、事物之慣性循環可能會因為一場堅持不懈的旅程中發生的某些奇妙時刻而出現突然的逆轉，這樣的奇妙時刻可能是來自於一朵時令鮮花，也有可能是一群排列獨特的星群。」

——賈克・拉卡西耶《在途中》

（Jacques Lacarrière 1925-2005 法國著名作家、評論家、記者和散文家）

有一位僧侶聽見一隻鳥在歌唱，便尾隨著牠，但卻沒注意到時間。當他回到修道院時，發現修道院早已成為被棄置許久的廢墟。他離開數世紀而未察覺。步行需要花時間（此有違社會的步調），特別是它會沉浸在只有欲求方能驅使的期間內。法文有許多字彙被用來表示速度或意圖的概念，例如：行走（marcher）、去（aller）、前往（s'acheminer）、漫遊（déambuler）、慢慢行進（traîner）、遊蕩（musarder）、散步（baguenauder）、跛行（clopiner）、踩步（piétiner）、閒晃（lanterner）、閒逛（vagabonder）、潛行（rôder）、逃跑（cavaler）、奔跑（courir）、疾馳（galoper）等。每一種都衡量出致力的程度，而我們總是踏緊腳跟而呼吸著。某些人步伐快，每日可行走三十或四十公里，某些人速度更快，每日行走超過五十公里，某些人則比較慢，寧可享受每個時刻，不時停下欣賞風景或分享談話。每個人的步調是本身內在的和諧節奏，內在的吟詠驅動其步伐，而這股節奏會隨著疲累程度與路徑的困難度而改變。「隨心所欲並依眼中所見而行走」，這句引自《傳道書》的文句，也是亞歷珊卓・大衛・尼爾①的座右銘。

大多數的步行者對數字不在意，除了前進時碰巧在標示上看到距離。確實也是有所例外。非一般的步行者不會計算他們的進度。他們在明顯平靜且未表現出疲累的狀態下前進。西奧多・莫諾②於一九三四年從廷巴克圖抵達陶代尼。地圖上只有兩公分的長度，但是實際上卻花費八天的時間完成四百五十四公里的距離。「好消息是，明天我們似乎要行走十六小時。保證如此。說到底，十小時就足以讓我感覺幸福。每天走五十公里，已經讓人敬佩……這沒什麼！步行十八點五個小時，從凌晨三點三十到晚上十點。了不起。今晚讓我感到驚訝的是，我的疲累程度比預期還低。我只覺得很餓，因為從昨晚到現在我只吃了幾顆花生。」一名比叡山禪宗寺廟的僧侶，於一九六六年至一九七九年間，以百日為週期展開步行。他每日完成八十四公里的路程。「我

---

① 亞歷珊卓・大衛・尼爾（Alexandra David-Néel 1868-1969）：法國著名女探險家、記者、作家、藏學家、東方學家、歌劇歌手、共濟會會員。

② 西奧多・莫諾（Théodore Monod 1902-2000）：法國自然學家、人道主義者、學者和探險家。

們今天走了十小時」，這是出自彼得・馬修森①在德爾帕的觀察。約翰・繆爾②進行長程步行時，在印第安納波利斯與佛羅里達礁島群之間徒步行走一千五百公里，他如此寫道：「今天走了超過八十公里，沒吃晚餐也沒吃消夜。沒有人願意接待我。」努力走了幾小時後，步調趨於正常，疲勞感便消失。有時走到一個步調時，若不強迫自己甚至很難停下來。步行會召喚更多的步行。隨著幾小時和幾天過去，會逐漸產生一種陶醉感。博納・奧利維③在他的著作提到，他行走在伊斯坦堡和西安之間的絲路上時，歷經好幾次這樣的經驗：「我的鞋底發燙，我得走下去……是什麼隱形的力量，讓我才剛醒來就上路？我遭遇的難處不在於行走，而是停下腳步，因為我達到這種身體充實的特殊狀態；一旦疲累的核心消失（由於我已經過數週的鍛鍊，消失得很快），我就夢想著行走，繼續步行。」我們會進入另一個世界的維度，一個令人頭暈的內在自由，一種輕微的恍惚，抹去所有疲累感，並對停頓下來感到不適。中斷自己和路徑的持續性需要很大的力氣。我們有時候應該強迫自己休息，即使我們永遠覺得有一股拉著自己往前走的動力。

疲累甚至能當作一道選項，可以讓自己稍微跳脫，並在休息後重拾作為自己的豐富喜悅，不過在這情況下，疲累必須要確實被選擇。「我們只有在立誓要疲累，且受迫感到疲累時，才能從疲累中獲得愉悅。即使我們在覺得疲累前便早已沉浸在喜悅之中，但唯有如此才是真正充滿歡喜的疲累。」（引自吉恩—路易・克雷蒂安④《疲勞》）投入一個費力卻令人開心的體能活動亦然，例如步行。渴望得到或是能夠接受的疲累是一種接觸世界、感覺自己身體和自由的完滿方式，但當然是要選擇達成疲累效果的強度。這絕不是要透支體力，而是感覺身上有一股「好的疲累」油然而生，這會產生個人本質上的強度，當然這是在明白若情況變得太難以負荷，隨時都可以中止的條件之下。

然而，即使步行者在長時間內大步向前邁進，他還是會不疾不徐，並拒絕像以前

---

① 彼得・馬修森（Peter Matthiessen 1927-2014）：美國小說家、自然學家、作家。
② 約翰・繆爾（John Muir 1838-1914）：美國早期環保運動的領袖。
③ 博納・奧利維（Bernard Ollivier）：法國記者和作家，以其旅行故事而聞名，退休後成立「超越門檻協會」，幫助青少年透過行走融入社會。
④ 吉恩—路易・克雷蒂安（Jean-Louis Chrétien 1952-2019）：法國哲學家、詩人和宗教思想家。

那樣讓時間支配後才開始展開旅程。他獨自決定步行的節奏，以及他在日間想完成的里程數。勤勉完成旅程後，「難過地坐下來，像是囚禁在封閉的小牢籠中」，盧梭透過他的著作《愛彌兒》就數度加以表述：「人們在對的時刻啟程，在自由意志下停歇，人們做很多卻鮮少有想要的鍛鍊。人們觀察整個國度，向右、向左繞道，人們檢視一切讓自己開心的事情，在任何景點停留。」這是有關行走的「第一哲學」（譯註：中世紀後期時的一般形上學）思考，每個人在世界有其專屬的速度，沒有必要妄加論斷。「我感覺像是身處於永恆的週日。」約瑟夫・馮・艾興多夫①如此說道。對步行者而言，明天永遠是另一天，而今天是珍貴的機會。盧梭也不斷複述：「我喜歡自在行走，並在我高興時停歇。移動的人生是我需要的。天公作美時，不慌不忙地在風景秀麗之地徒步行走，以愉快的目的來為我的行程畫上句點。所有的生活方式之中，這項最深得我心。」

行走是一種時間經驗，也是一種空間經驗。這是一種對緩慢的禮讚，一種對漫不經心的品味。步行者的富裕之處在於其自由支配持續的時間，他有很多時數，只要像時鐘一樣，他用自己的節奏走自己的路，他不用對任何人負責。他在浩大的空間，更是在無限的時間裡。他在夜晚降臨時入睡，在月光重返時起床或在早上賴床，餓的時候才進食，渴的時候才飲水，沒有任何義務能限制他，沒有必要趕時間。在他拋棄綁住自己的專業、家庭及社會活動前，從來沒想過自己沉浸在這樣的浪費中。他放慢不再被他帶走的時間，或許自童年以來，這是他第一次有時間可以好好利用，且不覺得無趣，他不必再擔負以前的責任。這種從社會對時數的要求中解放，讓羅伯特・史蒂文生感到驚奇：「你要在路邊閒晃多久都可以。這有點像是彌賽亞千禧年國度的終結，當我們把手錶和掛鐘扔到我們房子的屋頂上，而我們忘卻了時間及季節。別把時數認作完整的人生。」這不再是社會慣例的時間，而是一個內在飄蕩的持續時間，混合著情緒、疲累程度、景物的色調、唯有當下的歡愉才能測量的鍊金程式。

這是透過身體旅行的優勢，唯有藉由徒步，才有可能隨興停歇，遊蕩片刻，暫停下來讓自己打個盹，改變心意，及重新踏上另一條小徑，延遲到某民宿的餐桌上用

① 約瑟夫・馮・艾興多夫（Joseph von Eichendorff 1788-1857）：德國詩人、小說家，被視為德國最重要的浪漫主義作家。

餐，到一處任何車輛都無法到達的地點欣賞景致。這是面對大自然的一種優雅表現。遭遇到障礙時，他有時間思索該繞開或停歇，接著以自己的步調處理它。「我們觀察所有的景致，我們轉彎向右，向左。我們檢視所有讓我們開心的事情，我們在每個景點停歇。我瞥見一條河流，我便站在一旁；我瞥見一棵茂密的樹，我便置身在樹蔭之下；我瞥見一個洞穴，我便進入探訪；我瞥見一座採石場，我便去檢視礦物。哪裡讓我開心我便在該處停留。等到我感到無聊時，我便動身……」盧梭又再如此寫道。任何機會都要把握。西蒙・波娃憶起自己在普羅旺斯行走，她列舉不盡無限自由的時刻，「這些盡情展現其光線、溫柔、熱情的時刻並不僅屬於我。我喜愛的是我穿越這個還沉浸於睡眠，夜仍在閒晃的城市，並看著晨曦在一個不知名小村莊上空升起！我在中午時分，伴隨金雀花及松木的味道入眠；我攀爬在山丘斜坡上，迂迴穿越矮灌木叢，而一些可期與不可期的事物紛紛與我遭遇。」大多數的步行者都預期有一個目的地或期程，但其他的部分就是給定主題後的即興展現，如同表演一段爵士音樂。時間是屬於這些步行者的。他們會發掘待在家中時壓根不曾想像過的事物。有點像是掃羅王那樣，他啟程前往找尋母驢，卻發現一個王國。

松尾芭蕉[1]眼見每個季節及每一個日子經過，便觀察出「時間就像是一個不休息的旅者」。這名頑固的步行者會創造一個路途的民宿。他說在長時間的暫休後，一股慾望油然而生。「不曉得從哪年起，我自己，飄飛的雪霧讓位風的邀約，我不停灌輸流浪的想法，且在海岸流連，接著在去年的秋天，在我河邊的小屋裡，我掃除舊有的蜘蛛網，很快便是年初，而春天到來，慾望引領我在薄霧當中穿越白河關；被弄得我心神不寧的旅行癖大神掌握，被道路之神的召喚影響，我無法不展開行動，我縫補破爛的內褲，換掉帽子的細繩，且馬上在護膝底下塗上艾蒿，我的心靈已被松島的月色盤踞，我把住所讓給另一個人。」時間就在每個人的前方，無法計數。當羅伯特・史蒂文生在莫納斯蒂耶展開旅程時，村民們見到他在附近行進都感到訝異。「在這個區域出現像我這類的旅人，當時都是未曾聽聞的事情。他們帶著蔑視的同情心，把我當成是決定要到月球旅行的人。」人們問他想去哪裡，但他自己也不太清楚。不為任

[1] 松尾芭蕉（Matsuo Basho 1644-1694）：日本江戶時期有名的俳諧詩人，本名松尾藤七郎，被譽為日本「俳聖」。

何事情，漫無目的行走，在他們眼中是違背正常邏輯的。「我旅行不是為了要到什麼地方，而是為了步行，我旅行是為了旅行的樂趣。重點是移動，更進一步感受人生的必要及困難，離開文明的舒適床鋪，感受我腳底下的花崗岩及帶有尖銳邊緣、四處散布的燧石。」步行的獎勵在於過程而非抵達目的，一步接著一步，每一步都有其重要性。不會掛慮抵達目的這件事，沒有一定要完成的目的地。

確實，緩慢並非調適對所有路徑的好奇心，或是消磨所有對路徑渴望的方式。即使是遊蕩，也不可能得到所有遭遇，不可能造訪所有想去的地方，不可能返回提供如此美味餐點的民宿，或是不可能不停地流連在這片灑落著壯觀光線的田野。儘管想要每條路徑都去嘗試，但也只能選其中一條。時間永遠不會停止飛逝，即使是慢步而行，時間也過得飛快。行走讓可能的生命數、無限的路徑及我們想要體會的經驗等認知變得敏銳。緩慢是了解這個世界多麼廣大且不會讓我們好奇心用盡的關鍵。

智人步行者

「說到底，人並非生來要就著餐盤把自己吃胖，而是要走在路上讓自己瘦下來，要穿越一處處的樹林，而不會重複見到相同的樹林；要抱著好奇心上路，要去認識，是的，去認識。」

——讓・紀沃諾《我心頭的喜悅》

（Jean Giono 1895-1970 法國作家，作品多描繪普羅旺斯的鄉村世界）

大約五百萬年前，靈長類開始分離出靈長類以下的所有種，身體直立，雙足仍不靈活，一部分仍處於樹棲狀態。

瑪麗・李奇①在坦尚尼亞的雷托利發掘了超過三百萬年前的古老蹤跡。在火山灰燼中有一名成人和一名或許在玩耍的小孩的足印，在首批化石中記錄了他們的足跡。兩者機能上都適於爬樹。根據最初人類的解剖，佐證深度的氣候轉變，當時東非遭遇乾旱，造成樹木消失，形成草地及沙漠。其牙齒，以及尤其是他們的腦部開始發展，雙足變得更有效率，他們的移動力更高，雖然失去雙腿，卻獲得兩隻手。從此以後他們變成雜食性動物，也從採集者變成獵食者。

安德烈・勒羅伊—古爾漢②如此寫道：「人類始於雙腳。」雙手不再長成爪子，透過創造出愈來愈複雜的工具來展現出一個絕佳的靈巧性。手會在打獵時指定一種動物，對於危險能夠悄悄發出警示，帶有溝通性。這些緩慢的轉變讓聲音應運而生，繼而能夠說話。「面部」不再是「口鼻部」，而是變成「臉」。此後嘴部利於言語，這種變形增加了將記號表現出來的能力，頭部抬高且更靈活，我們的遠祖身體挺立起來之後，為他們在稀樹草原帶來更廣大的視野，他們可以偵察周遭，搜尋獵物，更能注意到獵食者或最終其他帶有敵意的群體。尋找食物、孩童、武器或工具的交通比較容易……。

整個身體在進化過程中轉變，尤其是腳。類人猿的大拇指和其他拇指反向生長，讓他們在樹上發展時可以抓取樹枝。相反地，這個器官的演進造成多重的後果，人類腳的大拇趾並未與其他拇趾反向生長。大拇趾不再用於抓取樹枝，而是和其他腳趾一樣貼地。喬治·巴代伊[3]認為大拇趾是「讓人類最能成為人類的器官」。步行者可說是欠喬治·巴代伊一個大人情。這個細微的差異開啟人類的道路，因為此差異使得人類在追逐或逃跑時帶有速度，若大拇趾呈現橫向狀態時是有困難的。其他的物種諸如熊、黑猩猩、倭黑猩猩、大猩猩均以腳掌直立，但是只偶爾為之，且僅限於短距離，

① 瑪麗·李奇（Mary Leakey 1913-1996）：英國考古學家和人類學家。
② 安德烈·勒羅伊—古爾漢（André Leroi-Gourhan 1911-1986）：法國考古學家、古生物學家和人類學家。
③ 喬治·巴代伊（Georges Bataille 1897-1962）：法國哲學家，有解構主義、後結構主義、後現代主義先驅之譽。

其效能較人類低。今日的步行者明白這點，人類的雙足明顯可以移動數十公里而不會過於疲累。

雙足不僅利於步行，也利於跑步，儘管和其他種動物的差異在於缺乏速度。智人（homo sapiens）保持這種腳、手、眼、具有無盡創造力的腦的效能變化，從基因或特殊遺傳的限縮中釋放出來。自此以後，從動物學乃至於文化，從一個物種的合一乃至於從某時地過渡到另一時地的無限多樣性，後天的無盡收穫超越了先天。

首批的人類製作石器工具，尤其是為了切割動物，因為他們既無利齒也無利爪。這是歷史上首度有物種刻意改變物體的形狀，以便做出一個專屬的外部工具。意識得到發展，人類創造不同地方的不同文化形式，語言、行為方式的多元化。最初的火出現。我們的祖先智人出現在大約二十萬年前。墓穴出現在約十萬年前，在物品或洞穴壁面鑿刻或繪圖出現在四萬年前。面對其他物種及氣候變遷，為了生存所需，使得世界表面受到無止境的勘查，且使得智人不斷擴張至各大洲，進而定居下來。這些人類遷徙到全世界，占地為主。人類長不了根，而是長一雙腿，能帶他們到想去的地方。根是植物才有，人類從來就不是靜止不動，而是不停地移動。靜止不動違反人類天性，步行對人類而言非常重要，一如身體之於人類。

最早的一群人類逐漸學會將自己的雙腳包覆起來加以保護，免於受寒或霜雪、銳利的石頭或其他地面障礙或氣候的傷害。最古老的人類木乃伊冰人奧茲（Ötzi），保存於義大利境內提洛爾冰河五千三百年，他穿著鹿皮製成的靴子，靴內有熊皮鞋墊，加上草編內襯，並用麥稈加固，以確保腳部的舒適及隔熱功效。他披著長草製成的斗篷，以及一件山羊皮縫製的大衣，所戴的熊皮帽保護著頭部，十足適應山地的環境。他的背包以小牛皮製作，裡面裝有用來打火的黃鐵礦，一把套著植物纖維刀鞘的燧石刀。該名人類四十來歲，原本相當健康，卻自高處墜落死亡，四肢多處骨折，一邊的肺遭隨身攜帶的其中一枝箭刺穿。

世界上所有的孩子大約在一歲左右，都開始了他們第一個笨拙的步履，他們站直了身子，並在幾個月後開始了個人的旅程，重現了這個物種的冒險經歷。我們不停地從一個地方走到另一個地方，永不止息。「每個人的故事，總是從頭開始：日復一日地在路上行走，抗拒重力及靜止不動的狀態，行走在時間、現實和夢想的道路上，審視黑夜和光明，聆聽風的呢喃，他人的話語，大地的無聲之歌，歷史的喧囂，自己那帶著所有奧祕、回聲和疑問的血液所發出的混亂噪音。」西爾維・熱爾曼①如此寫道。我們個人的歷史就是我們無數次的步行歷史。我們的健行始於童年搖搖欲墜的腳步。我們不知道我們踏出的第一步如何，但和我們人生當中所走的一樣深遠，我們都受惠於走過的路徑。一時片刻或一輩子無法步行，會面臨存在於人的困境，而人就是從一地移動到另一地的集結，這是生而為人的自主條件。不過我們並非整天都以相同的速度行走，而是要看狀況，尤其是從童年到老年的整個過程。偉大的登山運動家萊茵霍爾德・梅斯納爾②放棄攀登高山，但是他如此寫道：「我可能會繼續走路，直到衰老的年紀。我童年時的步調還烙印在我心上。我可以不攀爬但絕不會不走路。游牧精神住在我心裡。這是我的使命。我不再尋找遙遠的目標，但我總能找到時間和藉口離開家去。」

然而，某些當代的人跳出來譴責，說在這樣一個生命被科技宰制的時代，步行是過時且不合時宜的。對他們來說，最近幾十年的悖論，在於人類物種的挺立使得人類得以步行和跑步，得以騰出雙手，卻漸漸造成一種退化。人類此後便被設定好，受到身體和雙足的束縛，愈看愈覺得是妨礙，或不願意去克服。對於超人類主義者來說，身體已經過時了，它無法達到當代科技的要求，他們的願望是擺脫它，以便再增添另一個進化的等級，亦即虛擬等級或義體等級。像身體一樣，雙足行走在他們看來就是一個先天上的錯誤，在在提示這是一個太強調身體的人。我們都知道有一幅趣味插畫，繪出靈長類動物緩慢直立過程，直到智人（homo sapiens）出現，然後以極快的時間，變成今日一個拱身坐看手機螢幕的矽人（homo silicium）。幸好步行者帶著喜悅在全球漫遊，保持與物種的連結，並嘲弄這種源自新科技信仰的環境清教徒主義。

梭羅在那個仍不識電視、電腦和汽車的時代，就已經對看到他同代的人整天坐著沒有歇息而感到憤慨。「我鄰居們把自己整天關在他們的店內，還有他們的辦公室裡好幾個禮拜和好幾個月，而實際上我會說是好幾年，我承認對他們如此在精神上麻木不仁感到訝異。我不知道他們是用什麼材料做成的，此時下午三點坐在那邊的感覺，好像跟凌晨三點沒兩樣。」就他而言，他寫道：「我認為，如果我不每天至少花四個

---

① 西爾維．熱爾曼（Sylvie Germain）：法國作家。

② 萊茵霍爾德．梅斯納爾（Reinhold Messner）：義大利登山家兼探險家，人類史上首次不用氧氣補給獨立登頂珠峰成功。

小時（通常是更久），在樹林、丘陵和田野中遊蕩，完全不為任何物質操心，我就無法保持我的健康和精神。」梭羅把步行視為對不動生活的一種抵抗，對他來說不動的生活有違人的狀態。他卒於一八六二年，當時正處於一個愈來愈受科技支配的新世界邊緣。正如他同時代的許多人，他畢生都在步行，重現了北美大陸新發現與殖民的舊世界。他親眼見證一八三〇年起所問世的第一批火車。但他卻未能見識到，為幫助愈坐愈多的人類，而逐漸顛覆所有以往空間利用與身體運用的汽車。

走自己的路

「一個人從出生到死亡的腳步，在時間上描繪出一個不可思議的數字。神聖的智慧立即看到這個數字，就像我們看到一個三角形一樣。這個數字或許在宇宙經濟中具有明確定義的功能。」

——豪爾赫・路易斯・波赫士《謎之鏡》

（Jorge Luis Borges 1899-1986 阿根廷作家、詩人、翻譯家）

豪爾赫・路易斯・波赫士將同一個人走過的無數條路，看成是空間中表現的一種自畫像，構成了一座迷宮，其中唯獨他擁有指引線。路徑有許多種，就像它們的材質和它們的抓地力一樣：筆直或曲折，乾燥或泥濘，石頭路或泥路，山路，丘陵路或平原路，田邊路林邊路，騾子棧道或移牧道，違禁小徑，舊驛馬車的遺跡道路、羅馬道路或廢棄的鐵道。這些路穿越森林、鄉村、沙漠或海邊。有些路設有指標，有些路則無。它們首先是居住地、村莊、村落、田地或動物踩踏經過處之間的通訊途徑。由於地面、斜坡、所有岩石、土地、溪流或河流的裂縫，這些路經常蜿蜒曲折。這些路跨過障礙，並加以繞行，以免就此中斷。

藝術家理查・隆恩①於一九六七年所創作的其中一件作品，即是在田地的同一條線上行走一年，並在幾天內打造出一條路徑，該作品名稱取為〈一條由行走構成的線〉。總是一條路，一條地面的蹤跡，對抗著世界的浩瀚。人類的切入點，是試圖賦予地方意義，並加以安排，這些是前幾代人在重複使用土地時留下的印記，是地方活動的紀錄。時代、意圖、節奏、用途的巧合，構成地方歷史的結晶。我們經常會遇到遭遺棄或遭火焚毀的舊農場、屋頂坍塌的建築物、城堡的遺跡、糙石巨柱、山巒岩石、施加過被遺忘的儀式的石頭。人類的歷史就這樣透過一串線索而傳播開來。某些途徑消失在植被下，又再度因為草及樹木的無序生長而重現，被遺忘，變成無用；某些途徑則是變寬，有時被柏油覆蓋，當汽車的車輪取代步行者的腳步時，它們以另一種方式消失。有時無形的手將這些路徑依據梭羅在康科特周圍的形象而加以維護：「很長一段時間，我被任命為（正是我自己）暴風雪、暴風雨、雨水的偵探，我一絲不苟地履行我的職責。土地測量員，若非主要幹道，至少是穿過森林的小路或穿過田野的小徑，確保它們保持暢通，有橋梁，在任何季節裡我們都可以穿越裂縫，到處都有足跡，表示有人經過。」小徑是人類身體與環境開心接觸的人工作品。相反地，人行道沒有留下任何蹤跡，缺少記憶的街或路亦然。步行者是小徑的催生者。在這條指引線之外的任何地方都是一個更原始的宇宙，那裡草木茂盛，動物藏身。在路徑繪製的

①理查．隆恩（Richard Long）：英國雕塑家，也是英國最著名的大地藝術家之一。

邊界之外，則展開無盡的外在空間。但有時步行者會出於冒險精神或想要節省時間，藉田野之鑰改走捷徑，投身進入這些未標記的空間裡。不需要任何標記，沒有任何必經路線的道路密碼，這裡唯一重要的是採取主動，決定留在小徑上，或是在草原或森林中迷路。或者甚至停在溝邊或樹下休息，稍微午睡。「少有主權國家讓我覺得至高無上。我相信，我的道路像是一根斷掉的棍子。」雷內・夏爾②說道。對於步行者來說，直線並不是最短的路徑，因為在其製圖上首先是帶著情感，而不是功用。他順從自己的磁性。他根據心目中那些地方的共鳴而創造其個人的地理。空間是一座迷宮，但是他創作的路徑是他的指引線。當他開始動起來時，沒有人真正知道他要往哪裡去。既定的路線經常毀棄。唯一確定的是他步履下的土地，還有他的堅毅。它支持往前進，給予其必要的倚靠。

一條路徑總是會導往其他的路徑，這些路徑以無休止的行動，又導往其他路徑，將主動權留給步行者。在同一座大陸上，他們繪製出一個巨大的蜘蛛網，所有的線都在這裡交會。分岔點不計其數。浪子得決定上千次該採哪條小徑。選擇其中一條而不是另一條，他還不知道他要前往之處會遇上什麼。那個他蔑視的人，再也不會出現了。十字路口不僅是十字路口，兩個或三個不同的方向，它還強加了一種存在的選擇，一種運氣的意志。選擇一條路就是忽視其他所有的路。但是對於那些被遺留的人，我們仍然懷念他們，我們不知道他們會走向何方。也許這一條路會導致一場讓生活驚奇的遭遇，另一條路會直接走向最壞的一面。或者可能也不會。我們人生所錯失的機會多過於我們獲得的機會。所有的選擇都是犧牲，我們永遠不知道決定走這條路而不走另一條路，所到達的是這個目的地而不是似乎充滿希望的另一個目的地，究竟會失去什麼或得到什麼。為何不接受朝向這光明的山丘或如此茂密的森林，為何捨棄了這個名字讓人心神嚮往的村莊？

中文「道」這個字由兩個字形組成，一個代表「兩隻腳」，另一個代表「頭」。法文「Marcher」（走）來自法蘭克語的「marquer」（標記）。一條路徑是刻劃在地上的記憶，是無數男女或動物的蹤跡，每一道蹤跡都對它的扎根做出了微不足道的貢獻。它總是指明一個方向、一條可遵循的道路、一個可能會不同的行程，但對於它的

---

① 雷內．夏爾（René Char 1907-1988）：法國詩人，法國抵抗運動的成員。

使用者來說，透過追隨他人的腳步，它為共同的歷史帶來了安全性和忠誠度。以同樣的方式，它在避開障礙物的同時，在世人漠不關心的中心地帶，跟隨地面的氣流，穿過景致、岩石、田野。土地被人踩踏過，被風吹拂過，被霜凍硬化，被烘烤在陽光下，它面對狐群、鹿群、羊群、母鹿群、群鳥……所留下的細微痕跡。有時，最後幾個腳步的印記已經褪去，草和樹枝已將空間覆蓋，每個人必須自己在土地上加諸印記，為下一名過往者指明方向。但正如亨利・米肖在《轉角桿》一書中所觀察到的：「如果你走一條路，要小心，你將很難回到廣闊的空間。」

小徑並不總是很好標記或識別。有時它們甚至無法辨認，被白雪覆蓋，使人在一片白茫茫中產生混淆。所有的寬慰都消失。往前進是對土地周遭或存在障礙物的永久性賭注。進展變得困難，就像穿越沙丘一樣。迷路是家常便飯。同樣地，我們也常渴求探索似乎充滿更多可發掘的旁支路徑。路徑是一個方向，它在被使用時保持部分游牧特性。如果植被的厚度不能阻止它被使用，有時就會被透過判斷來完成路線。地面上的蹤跡取決於經過的步行者或動物的數量。在穿越阿爾卑斯山的過程中，安端・德・貝格多次走錯路，但他讚許自己的好運：「我不後悔這次失敗，因為它把我帶到了一個壯麗的地方，一片廣闊的空地，無疑是在這次健行中所發現的最美麗景色之一，一座高山乾草映照出金黃色的寬闊山谷，在日照下烘烤，周圍是一片茂密的暗黑森林，閃爍著秋天的鮮紅色澤。」迷惑源於對目標的執著，這是一種有利於未知的逃避現實。「我擁有對坎塔布里亞最美好的回憶，」尚—克里斯朵夫・胡方①寫道，「我迷路的時刻，造就我這些回憶。」特別是在下雨的某天，少了一道通往朝聖之路的路標：「那天早上，我體驗到迷失在大自然中的幸福，沒有要尋找的窩身之處，沒有卡車的噪音，也沒有空蕩的住宅區。我像山地人一樣自己找路，突然間我恢復了我們在穿越川谷的路線時所必須擁有的整體視野，自豪地從我的頸上解開了路的束縛。」我們想到了猶太人的智慧，它強調最好向不認識路且也在找路的人問路。

迷路往往利於驚喜和發現。安東尼奧・馬查多②斬釘截鐵地說：「除了海中的渦流外，別無他路」。即興往往勝出。行走的起始，在於不知道抵達和當時的心理狀

① 尚—克里斯朵夫・胡方（Jean-Christophe Rufin）：法國醫生、外交官、歷史學家、環球旅行家和小說家。

② 安東尼奧・馬查多（Antonio Machado 1875-1939）：西班牙詩人。

態。目的地是動身的必要誘餌。有時遊蕩是很困難的，就像喬治・皮卡德在沿著坎塔爾河下行時迷路，發現自己「處在潮溼的草地中間，被牛蹄踩得到處是孔洞。在這種情況下，走路會變得有點不舒服，泥巴會黏到腳踝上，如果滑倒甚至會沾黏到更高的位置。讓行程更加刺激的是，帶刺的鐵絲網會讓你痛苦地想像，流浪的牛群所能忍受的事物」。尤其是在森林中，路徑數不勝數且具有誤導性，有如迷宮般，有時會將健行變成冒險。

成堆的石頭以不穩定的平衡堆疊在一起，是路邊的里程碑，是方向指引，它們提供了地標，但也在於表現對這些地方的慶祝。每個流浪者都花點時間尋找小卵石，並將他的匿名小石添加到石堆上，而不破壞平衡。這是對他在周遭空間行走，附著於土地上時的收穫表達謝意，並對其他路過的步行者眨眼致意。

從這個意義上說，除了那些真正迷路的人外，GPS違背了行走的哲學，它將路徑轉化為旅程，它將路徑從屬於目標，並予以解散，把它變成純粹無動於衷的通道。它抹去了世界的詩意，將其簡化為一系列數位的指數，且緊盯螢幕不再關心風景或周遭氛圍。它將移動變成忘記路徑的實用程序，再也不可能迷路和問路，去發現意想不到的地方，因為路線發生在你眼前的螢幕上，徹底消除了所有的想像。自己找路的滿足感消失了。進程被模式化，使得旅行者化為被動，除了由它的工具提供之外，無法採取主動。其他的路人不再團結互助，所有人都被關在自己對他人冷漠的泡泡裡。

另外，依賴ＧＰＳ、地圖或直覺，不利於記憶路線，注意力不再集中在環境上，反而專注在螢幕上。一種對空間無法釋然的感覺油然而生，對路徑的感知被簡化為僅是朝向目的地的單位。日本的一項研究，分別向兩組人馬提供一份在城市中的行走路線，其中一組成員配有ＧＰＳ，另一組只配備傳統紙製地圖。後者用最直接的路線完成旅程，因為他們注意所處的環境並能加以談論，他們努力記住他們在行進間所產生與其他人不同的細節。ＧＰＳ會讓人將注意力和感官體驗放一邊，就像手機一樣，它會暫停所有對各個地方的記憶而專注於目的地。方向感因而消失。但我自己想像幾年後，為了避免任何危險，只要購買跑步機，並設定一個虛擬的世界，有一種在絕對安全的狀況下，在一片沒有真蛇的原始森林之中行走的感覺，不會有想像蛇而產生的顫慄，或者置身於沙漠中卻不怕口渴，因為將設備暫停，我們就可以到廚房吞下一杯水。同時被大自然的想法吸引和恐懼的顧客，不必因此冒著迷路和被尋獲的風險。

握在手中的枴杖有助於前行，尤其是在陡峭的小徑上，它可以減輕下坡時的重力，在上坡時增加推力，在泥濘地上減速，可以防止跌落或減輕傷腳的壓力，緩解背部的疼痛。堅固、量輕且適宜的尺寸，是一個有價值的輔助工具，它以完全透明的方式支撐身體，且對於步行者來說，不僅是他的腿，還有他的全身，都能獲得動力。有很長一段時間我都不想麻煩帶著它，但在溼滑或陡峭的路徑上，我意識到它對於避免跌倒並提供有力的支持有很大的作用。此後我就手不離杖。同時拿兩根枴杖，讓人類帶有聰明的四隻腳，再度變成了四足動物。走在前往孔波斯特拉的路上，枴杖（bâton）被稱為「bourdon」，此字來自拉丁語「burdo」，意思是「驢」或「騾」。經常可以看到「行者的第三隻腳」這樣的文字描述，它是路途上的伴侶，這項工具不僅能支持前進，也能夠驅離狗群，能協助避開荊棘或測試稍微泥濘的土地硬度。彼得・馬修森在西藏德爾帕地區突然遭到一隻大狗襲擊，他能保命都得歸功於他的枴杖。他在事發不久前，才把這根撿到的堅硬樹枝拿來當作探路和平衡的工具，他將猛烈衝來的動物推開。「我試圖用這根棍子敲碎牠的頭骨，牠奮力用嘴咬住棍子尾端，牠來回跳躍，帶著令人印象深刻的暴怒。」幸運的是，一名圖博人恰巧從他的小屋跳出來，把狗制伏。在一九三〇年代的印度，朗薩．戴爾．瓦斯托[①]徒步前往恆河源頭朝聖，他獲得了一枝美麗的喜馬拉雅竹，便用銅釘加以裝飾：「它在我手中支撐著我，剛好到我胸膛的高度」。為了讓配備更完善，加上以下工具：「給水帶來蔬菜味的葫蘆容器，我把沉甸甸的毯子捲起放在我的肩膀上，繫在我腰帶上的涼鞋讓我走路更舒適，就這樣往山上邁進」（引自安瑞．德．貝格《行走的歷史》）。比爾．布萊森[②]在白山山脈，忘記帶走他那根靠在樹上的步行愛杖。「我突然想到我把它靠在樹上，以便我重新繫上我的鞋帶，而我覺得有一股絕望感籠罩著我。這根枴杖在山上陪伴我六個半星期，它幾乎是我的一部分」。之後他與他的孩子們都保存著孩子們送他這根枴杖的象徵性連結。一根枴杖永遠不只是一根枴杖。

步行者是一名環境藝術家，不斷巧手打造作品，解決許多阻止他前行的困境。他不假思索，便明白這個身體的自主彈性，這種與環境的和諧性。他很少停下來，沒有

① 朗薩．戴爾．瓦斯托（Lanza del Vasto 1901-1981）：義大利哲學家、詩人、藝術家。
② 比爾．布萊森（Bill Bryson）：英美雙重國籍作家，著作以筆調幽默的旅遊書籍聞名。

一條通道對他來說是太難或太窄，他擠在樹枝間，踏在泥濘的小路上，在一片泥濘之後穿越溪流或攀上岩石。有時，古道被泉水吞噬，他得硬生生找出路來，岩石從壁上崩落、溪水滿溢、瓦礫、吸入鞋內的泥土……。「用徒步方式，我們可以穿越任何地方，即使在最茂密的森林中。」賈克・拉卡西耶說道。小徑並不總是平坦，且被線般切割，它會驅動注意力，讓我們跟隨它，有時在爬越山地或坡地，旁邊是沒有保護的溝壑而遭遇困難時，它會要求不要懼怕。他永遠要求身體的智慧，這種移動時的放鬆，讓我們即使在崎嶇的地形中，也能不謹慎注意踏足之處。活著的證明與步行的證明相輔相成。我們甚至沒有意識到自己改變步調或改變所下的功夫：「到目前為止盡一切努力提升他的身體，每一步都帶著它，現在是身體釋放、墜落及拖拉……活動的膝後窩充當減震器。手臂在平衡穿越瀑布時划動，眼光作為飛躍十里的先鋒，隨意翱翔並停歇在這個空間。這可能是喜悅的物理象徵？下坡時的喜悅是否會更甚於努力上攀之時，且更甚於眼光越過山坳，這個延長本質上短暫的矛盾特性？」（引自維克多・謝閣蘭[①]《出征：真國之旅》）

身體跟隨路徑和山區的曲折，雙腳永遠向前，它們尋求最佳的抓附，它們感受到地面的質感及其變化，它們支持步行者的腳步。當然，它們任憑水疱、扭傷、鞋裡石頭、造成皮膚粗糙的長期摩擦的擺布。在歷經早期童年有時吃力的學習之後，它們可以讓我們隨心所欲地移動。它們是我們取得成就的重要支持，直到終了。它們展現穩定性，扎根於土地，從一個地方移動到另一個地方的可能性。失去腳如同冒著溺水的風險。如果它們受到傷害，整體的存在都將跛行。在身體部位的道德位階上，它們處於最低位。它們沒有頭部或臉部的至高無上，它們在身體和道德的雙重含義上屬於次等部位。它們也沒有雙手般的貴氣。當它們出現在內文時，其文外之意，有形地提醒某種人身狀況的嘲弄，而經常引人發噱。在法文中，解僱是「一腳踢出」（mise à pied），說差勁的工人在工作時「像一隻腳」（comme un pied）。有一句流行用語是「像自己的腳一樣愚蠢」（On est bête comme ses pieds）。它們基於謙虛或不讓自己受到嘲笑而最常被隱藏起來。廣告上將它們描述為臭腳丫。人們幾乎不會給予它們有趣

---

① 維克多・謝閣蘭（Victor Segalen 1878-1919）：法國海軍醫生、人種學學家、考古學家、文學家、詩人、探險家、藝術理論家、語言學家和文學評論學家。

的關注，正如雷蒙・狄維士①的貼切評論：「我的右腳嫉妒我的左腳；當一隻腳前進時，另一隻腳便想超越它。而我走路時，就像個傻瓜一樣。」然而，米開朗基羅說：「人的腳是一個藝術作品，且是一個天才的傑作。」

對步行者而言，他們的腳是作戰的中樞。這是一種被審慎關注的對象，這個對象存在於一種恐懼感之中，這是得自一種持續努力追求某種目標的恐懼，某種可疑的刮痕或足跡則是這個目標的形式。法蘭索瓦・卡山濟納—特維迪修士在奧弗涅山上行走時說，他每天早上都會關注它們。它們是第一個被服侍的對象：「沒有它們的作用，我的一天……無法讓我站立。我檢視它們，看到它們在經過四天的鍛鍊後非常健康，讓我感到放心。我也給鞋子上油，它們今後彼此相處融洽，讓人相信雙方處於蜜月狀態。」幾天下來前行順利，表示腳和鞋的完美結合，在抵押懲罰下最輕微的一步。一九七四年，賈克・拉卡西耶行走在孚日和科比埃之間的法國之路上，他沒有忘記歸功於雙腳：「經常發生在長途跋涉的頭幾天晚上，驚訝地凝視我的雙腳：『正是靠著這雙腳』我自忖著，『我們從人類時代之初就一直在行走，我們就在這片土地上行走。』」他甚至夢想要開修甲店，讓步行者的雙腳可以得到呵護、按摩等。另一方面，在公共空間中，關注它們可能會帶給他人不便，正如尚－克里斯朵夫‧胡方所感到的遺憾：「有些朝聖者帶著他們遭受痛苦的雙腳，但尤其是，他們讓別人也承受這種痛苦。因為很少有人保留這些折磨給自己……」他們把腳放在雙腳完好者的面前展示，以取得對方的意見，並希望他們帶著同情心凝視這些水疱、擦傷及其他肌腱炎，或許能達到鎮靜的作用。某天晚上在民宿裡，他的鄰居用軟膏為他腳上的老繭按摩良久。「自行車騎士的雙腳或他們搽在雙腳上的褐色軟膏，這種最難聞的味道是最不容易揮散的。」鞋子的品質很重要，可以避免這些後顧之憂。皮埃爾‧達克②在他的時代如此強調：「就步行來說，世界上最美麗的帽子都不值一雙好鞋。」

整趟的步行，甚至長達好幾個月，都是從第一步展開，它是最困難的，因為他仍然沉浸在他身後熟悉的地方所帶來的舒適感，而他必須連根拔起才能出發冒險。如果步行的行程持續，便成為一種超脫的體驗，它會從例行公事中剝離，由熟悉的工具提

---

① 雷蒙．狄維士（Raymond Devos 1922-2006）：法國幽默作家、單口喜劇演員。

② 皮埃爾．達克（Pierre Dac 1893-1975）：法國幽默作家。

供舒適感，它會帶來不確定性。它潛入一個逃避平凡的單獨時間層。那些出發行走的人拋下一切，他的房子，他的花園，他的親人，他的舒適感。步行通常意味疲累、出汗，有時會筋疲力盡，或甚至會感到寒冷或酷熱，徒勞無功地尋找歇息處後所面臨的不適夜晚，經常是節儉的膳食或者痛苦地尋找糧食，它會提出這項對物質資源的考驗，但這些都是完成步行行程的必然障礙。如果這個行程當中會自動流出資源，不費吹灰之力，如果它旨在休息和舒適，那麼汽車或火車會是更明智的選擇，但這種交通方式幾乎不會產生「靠我們自己，用我們的身體，用我們的毅力來做」的這種內心喜悅。

步行開始幾個小時或幾天的最初步履往往是最微妙的。首先它們充滿熱忱、活力和「這條道路將對渴望的尺度大開」的感受。距離、疲累感還不著邊際。跑步、跳舞、隨興前進的自由皆令人陶醉。但身體逐漸受到堅韌的考驗，如疼痛、肌肉痠痛、呼吸急促、剛形成的擦傷、不適腳的鞋子……環境和生活方式的劇烈改變需要調整期。然後隨著時間的推移產生前進的證據。疲累有利於某種忘我，它不是筋疲力竭，而是一種放棄。某種陶醉感逐漸產生，並讓時間消散，抹除一種致力的感覺，一種柔和的恍惚包覆著肌肉，很大程度上有利於展開思緒。步行帶來重新積聚的力量歷久不衰。其重複的面向不會引發行動上的任何意識。這只不過是把一隻腳放在另一隻腳前面，不假思索，將心中所有的煩惱釋放出來。一種白日夢仍然存在，充滿想像力的大風將往昔的事件再現，將當下的事件加以對比，並適切地沉浸在憂慮掃除的時間之後，畢竟這份憂慮通常會讓當下如此痛苦。一步接著一步，就像水與水相混。步行劃定出一塊腹地，這是為了管制空間而在都市或鄉村規劃之外，讓人不疑有他的一塊腹地。遠離道路交通，在城鎮或村莊的邊緣，在完全自由的情況下，每個人都得靠自己，若無標出路線的地圖或路標所提供的方向，則會失去方向。每個步行者在路上都有自己的指引標誌，那些標誌標示著他的行進，那些標誌是他聽說過或滿布在自己的地圖上，或者那些自己路過時所記錄的標誌，這些標誌在我們迷路，而必須回頭的情況下益顯珍貴。正如水手掌握自己的地標一樣，步行者也有自己的地標，以便在陸地上航行。

頭先的步履通常是觀察期，是調整以便找到步調，以便更改行程的一段時期……且經常是檢視行李內容的一段時期。正如賈克・拉卡西耶所回憶那般：「若不必攜帶某些數量的必需品，則這將近上千公里的步行，就不會是沒什麼要緊。」根據期程的不同，要攜帶的物品也不相同，背包的重量也不一樣。物品的選擇是在必要和多餘之間妥協，以確保在給定時間內保有行程上的自主性。有時甚至幾個小時的步行行程，也可以輕鬆出發不帶任何行李。約翰・繆爾說他會想在春天做一頓飯，這頓飯可以持續吃一整個夏天，這樣他就不必在荒野間移動時煩惱飲食問題。即使是極為長遠的步行，他也只帶最少的物品，足夠讓他升起營火取暖，希望盡可能輕鬆並不受拘束。這一路上背包重量逐漸減輕，亦即負擔的減輕，恰恰回應了煩惱的減輕，回應了不被自己在過程中留下的蹤跡所拖累的欲求。隨著背包不再有任何多餘的物品，路徑上的輕盈與內在的輕盈相呼應。「我今天下定決心，減輕我船上的重量，並扔掉壓艙物，最起碼要在港口留下，因為我必須在船身和船頭騰出空間，我的意思是，處理這維持已久且脆弱的下背部。但也許這種減輕的原因更深。只需要很少的東西，一切都恰到好處，才能完成真正的旅程！」（引自法蘭索瓦卡山濟納－特維迪《無限之歌：穿過奧弗涅》）但對於其他人來說，行李也是他們步行過程中的一種護欄。「當我背著十五公斤的行李行走時比空手前進時更快更好。背包讓我保持平衡。當我在某座峰頂上走鋼索時，它提供了平衡的作用。」（引自雅克・朗茲曼①《瘋狂的步行者》）對於尚—保羅・高夫曼②來說，背包無疑是沉重的，但「它幾乎成為我必備的一個外殼」。背包終於實現把家留在自己身後，背包內囊括了必需品，不至於在路上手無寸鐵，它提醒我們在別處的家裡，還有其他的一切，無法帶走的一切。

① 雅克・朗茲曼（Jacques Lanzmann 1927-2006）：法國新聞記者、作家和作詞家。
② 尚—保羅・高夫曼（Jean-Paul Kauffmann）：法國記者和作家。

不便之處

「那些在狂暴的元素和折磨中
不屈不撓向前邁進的人有幸
擁有一個可以安息的避風港。」

——王以培《旅行》
（詩人、作家）

當然，任誰都難逃步入倦怠期。無趣是其中一環，長時間的步行更是難以避免，但與日常生活那種乏味不同，它是暫時的，隨事態發展伺機而動。「我仍在等著看哪位獨行的健走者，敢斷言其在步行途中不曾感到乏味……或許我該心存感謝，在健行途中得以領悟何為平淡。這麼多年下來不曾覺得無聊，無論是動手還是動腦，永遠有事要忙，聚精會神規劃抵達目的地之路線與計算所需時間，即使難逃徘徊擔架之間的命運，卻很難放下這樣的生活。」喬治・皮卡德曾如此寫道。

對什麼都提不起興致，興味索然的心情矇蔽投向四周環境的目光。歡樂一時消逝無蹤。不安與旁騖占據心中，步行者已經等不及想快點抵達，或是在鄉村或都市好好巡禮一番，他急著放下包包，將一切拋在腦後。最常見是步行時踏出的步伐會壓過煩惱，但偏偏某幾天的煩惱卻過於強烈。那些在家中或職場上永遠一刻不得閒的人，面臨長時間的獨處反而感到不安，所以一路上幾乎都在閱讀、講話或靜思……他們可能需要較長的時間去懂得放下。

危險不會對步行者特別網開一面。各種不幸案例不時傳出警惕，步行者中常有人墜落峭壁或死亡，或某種程度的昏迷。一九一九年五月，足跡遍布中國與全球各地艱困地形，經驗老到的謝閣蘭走在阿雷峰之際，在於埃爾戈阿特森林裡受了傷。一塊尖頭木條劃傷他的腳踝與腳跟，即使已綁上止血帶，卻因止血失敗以死告終。一九五六年的耶誕節當天，在白雪皚皚的鄉間，七十八歲的羅伯特・瓦爾澤①走在一條非常熟悉的步道上，往羅森堡遺蹟前進，為的是欣賞阿爾卑斯山脈高低起伏、峰峰相連的景致。剎那間他失去心跳，人往後倒下，背朝地癱在地上，手置於胸前。他在一片白晝之下死去，部分身軀埋入白雪裡。稍晚幾個小孩發現他之後隨即報警。

一進到森林裡頭，蜱蟲最起碼都是以倍增出現，有時還伴隨可怕的結果。甚或其他如蚊子、牛蠅的昆蟲，也讓過客不堪其擾，此時完全不想停下來喘口氣，更無法認真地欣賞景色。而且天有不測風雲，有時氣候急轉惡化。「折返至梅塞塔高原時險

① 羅伯特・瓦爾澤（Robert Walser 1878-1956）：瑞士德語作家，二十世紀德語文學的大師，與卡夫卡、喬伊斯、穆齊爾等齊名。

象環生，隨著兩波的海龍捲風、閃電以及打雷而至的狂風暴雨，讓我們動彈不得。心中閃過可能難逃一死，甚至想放棄的念頭：走吧，踏上那條不成形的道路。」（引自吉恩—克勞德・布爾勒斯①《沒有教堂的朝聖者》）席爾凡・戴松②在歐里亞克附近癲癇發作，被送到醫院治療。他痊癒後立刻重新出發。「重新上路，掃去陰霾且征服大海，對我而言是迫在眉睫，唯有如此我才能上到峭壁，將一年前因倒地衍生的遺毒拋在腦後。」

賈克・拉卡西耶從呂克瑟出發，剛剛完成長達三十五公里的路程，正沿著一條貫穿一連串圍籬的路上走著，路旁聚集一群蓄勢待發的年幼鬥牛。才在想這些柵欄有沒有關好，此時一片沙塵暴朝他逼近。一群鬥牛撞破圍籬。「那條路滿窄的，加上包包拖累讓我無法全速逃離。但很幸運的是，我發現在右方幾公尺處的小徑上有棵榆樹。我急忙衝向那裡，脫下包包躲在樹後。」牛群經過時，離他僅幾步之遙，不注意之下有隻鬥牛停在面前盯著他看，彷彿在問現在該怎麼辦好，還好被其他的鬥牛推著往前走，漸漸消失無蹤。

西蒙・波娃獨自一人走在普羅旺斯鄉間的漫漫長路上，有天陷入一個苦惱的處境。她費力爬上陡峭的峽谷之後，認為這條路徑能走到高原。不過她立刻落入陷阱，因為困難度大幅提升，她也不願嘗試下山。但她所選的路線最終是條死路，在別無選擇之下，只能原路重返。「我走到一處斷層，卻不敢跳過去；除了蛇群往乾枯石堆流竄之外，毫無其他聲音；這條狹道好像從來沒人走過；如果我摔斷腿或扭傷腳踝，該如何是好？我大聲呼喊，沒人回應，持續叫了十五分鐘，仍然萬籟無聲！我重拾勇氣，最後安然無恙地折返。」

道格・皮考克走了幾條平頭山側的小徑，而此時夜幕降臨，他勢必得回去營地。但他意識到正身處海拔百來公尺的高度。他自忖是如何爬上這片岩壁，來到這個陡峭山坡。他沿著邊緣跑著，找尋可以下山的路。他正與步步逼近的夜幕搏鬥，在毫無防備下，寒夜低溫恐將他吞噬。而日光逐漸西落之際，所有的路徑也漸被夜色遮蔽。丟下背包後，他使盡全力從離地十餘公尺高的岩壁徒手而下。他下方六公尺之處，有個

---

① 吉恩—克勞德・布爾勒斯（Jean-Claude Bourlès）：法國作家、旅行家。

② 席爾凡・戴松（Sylvain Tesson）：法國作家、旅行家。

小崖突，他如果放手，小崖突或許能攔住他以免繼續墜落。於是他以雙臂防衛之姿屈膝下墜。但在小崖突反彈之後，背對岩壁仍持續下滑。最終他在地上躺了好一陣子。「就算還沒起身，也不難預料我的背一定傷痕累累，但我不覺得有骨折或嚴重傷口。僅有一邊的臉跟手肘，以及兩個膝蓋流血。但我總算回到山下了。」稍晚在營火前，他領悟到死亡從來就不是生命的敵手，恐懼才是。

另一次，他與為數不多的同伴正在尼泊爾境內的道拉吉里峰健行，但他卻病得非常嚴重，情況十分危急。深夜時分，他咳嗽咳到醒來。由於喉嚨裡有條靜脈破裂，溢血導致他肚子疼痛。就在幾年前，他陪在臨終前的作家朋友愛德華・艾比①身旁，最後朋友往生時與他現有病狀雷同。此刻感到頭暈目眩，似乎像從身體抽離飄浮空中。假如他繼續失血，恐怕凶多吉少，卻又束手無策，任何一種援助距離都太遠了。於是他打包些許裝備與望遠鏡後，離開熟睡中的同伴，便消失於山谷裡。「今早小鳥們精力充沛。角百靈佇立於凍原，啄著犛牛糞便上的昆蟲，在旁陪伴的除一隻斑鶇之外，還有好幾隻高山花雀。身上掛著響徹山谷的喇叭，鳴叫著的老鷹一溜煙便消失在雲端。一對烏鴉與幾隻紅嘴山鴉振翅而至，視察田野四周。太陽在山坡後緩慢地西斜，直到全山谷燈火通明。」他依舊陶醉於白天四周大地甦醒的景致。「我已盡全力汲取全天底下的美景：或許對我來說有點過多了。」能在美景中逝去，也算是某種緬懷他所愛的一種儀式。一陣暈眩後，他失去意識。他倒在一條小溪的溪畔，受大自然吹拂而至的溪水洗滌他的軀體。繼戰後與近距離的灰熊接觸，如今他面臨的是另一場上天的審判。是生是死，隨時都可能定奪。無論多麼艱難，他與同伴們已成功抵達山谷，最終連他自己也不可置信，他居然獲救了。

在某些氣候變化幅度非常驚人的區域，寒冷成了另一種的危險泉源。在美東白山山脈一條經典的登山步道上，比爾•布萊森跟一位友人在絢麗的陽光下疾速前進。但走了八公里之後，頓時陽光不見蹤影，溫度急速下降，濃厚的迷霧將他們層層包圍，隨後更遭遇強風吹襲。兩人套上防風衣與套衫。無論如何，他們還是繼續挺進，因為到第一間庇護所比他們的停車處來得近。然而，寒風絲毫沒有減弱，濃霧依舊在那裡。他們每前進兩步，狂風迫使他們倒退一步。四十分鐘前還豔陽高照，他們徜徉在

---

① 愛德華・艾比（Edward Abbey）：美國作家、散文家和無政府主義者。

日光下，但現在卻在一片漆黑中挨凍。庇護所就在往拉斐特山方向兩公里處，等候他們大駕。眼前唯一的辦法，只能頂著狂風、耐著低溫，更需戰勝恐懼勇往直前。歷經「無止境的雙重試煉」，在鬼門關前晃了許久的兩人最終安然無恙歸來。然而，這條步道瞬息萬變的氣候眾人皆知，部分登山者得知他們在裝備不足的情況下，遭遇突然來襲的低溫居然能撿回一命，都表示非常驚訝。

過去幾年，約翰・繆爾歷經過天寒地凍與流金鑠石的獨特體驗。這一天，他與一個夥伴在沙斯塔山峰遭遇一場突如其來的暴風雪。它是加州西部的一座火山，在周圍的平原上矗立近三千公尺。出發時天氣炎熱，所以僅著襯衫，身上沒有攜帶食糧，也沒帶爐具的他們，必須面臨殘酷的狂風與近零下三十度的低溫。他們背朝地臥躺，盡可能減少受風的面積，但洞口處噴出含硫的蒸汽，並沒有被強風吹散。粉末狀的雪花也已經滲透他們的衣服。「當高溫變得難以忍受的同時，蒸汽又從雪融處噴出來，我們一邊試著用雪、泥巴堵住，或是些微地變換位置，兩人同時運用腳跟相互抵住，因為站著的同時也暴露在暴風吹襲下，如同剛才冷熱交加、冰火相間的處境，根本注定死路一條。」這兩人歷經一整晚凍寒與炙熱交織的折磨，同時間還需擔憂碳酸的問題。走出這場長達十三小時的災難，除了凍傷的雙腳與滿是水疱的背部之外，他們毫無大礙。

有時對其他人而言，生病、中暑、著涼、扭傷、水疱磨破或是持續性疼痛迫使人止步。但在長途健行時，各種肌腱炎司空見慣，重點要找到舒緩疼痛的訣竅，更別急著放棄。除減輕背包重量外，若有跛腳徵狀，則可以使用枴杖、在樹下休息片刻抑或縮短行程。經過幾天的奮力，筋疲力盡而萌生退意，「累到站不起來，關節好像生鏽吱吱作響、隱隱作痛，看到今天的路程長度也開始退縮。然而，只要能邁開前幾步，便能感受到輕盈的幸福，疲憊不堪只不過是種假象。那是一種絕處逢生的領悟，心中烈焰復燃，血管裡熱血沸騰，關節反應快速靈敏，肌肉鬆弛，精神上猶如注入一股青春活力。（引自雅克・朗茲曼《瘋狂的步行者》）托馬斯・艾斯佩達①的雙腳感覺有明顯的灼熱感。他停下來包紮，換鞋後重新上路。他兩隻腳都流著血：「數小時後就習慣了疼痛的感受。像個受傷動物般走著，跛著腳蹣跚而行，一拐一拐走走停停，但

① 托馬斯・艾斯佩達（Tomas Espedal）：挪威作家。

這疼痛感其實是好事，隨時提醒我是靠自己的本事往前進，健行本來就有代價：而我用雙腳償還。」身體一點一點習慣了路途的崎嶇難行，也適應了艱難困境。奧根・海瑞格[1]說：「在我們那兒，都會建議計畫要走一百英里的人，走了九十英里才算完成一半。」在豔陽下已經上路一個月的洛里・李，活力依舊充沛，每天走三十餘公里也不覺得費力。「我一開始經常走到跛腳，待我的繭變硬之後，現在就算走很久也不會痛。」電影人韋納・荷索[2]為了影評家朋友洛蘿・艾斯娜[3]，徒步從慕尼黑走到巴黎，祈禱能幫助她痊癒。這一趟不尋常之旅的發想與實踐，來自於他不同的世界視角，他顛覆所有的典型慣例，經常把司空見慣的事情變成神祕無窮的謎題。因為平常不習慣如此的體能強度，他沒多久就出現嚴重的身體不適，尤其是在一個風大的下雪天。「我的右腳踝愈來愈難受。如果持續不斷腫脹，我真的不知該如何是好。所以我抄近路、走捷徑，但遇到陡坡還是步步難行。突然之間，我的左腳走過一處髮夾彎的時候，讓我深刻了解半月板這個字。在此之前，我對半月板只有一個模糊的概念。拖著溼透的身軀，我猶豫許久後才走進一間鄉間民宿。」

竊賊往往是步行者心中的瘡疤。中世紀與文藝復興時期的朝聖者不但經常遇見宵小，許多人也因此喪生。在南北戰爭烽火連天之際，約翰•繆爾正從印第安納波利斯往墨西哥灣的路上健行，途中所見的戰火殘害他隻字未提，某種程度與亞西西的方濟各④有些相似，全神貫注投入植物與動物的觀察。然而，一直有隻身路過的人找機會偷他的包包。其中有一個，看起來較其他人內向，但面露凶光、一臉貪婪地襲擊他，還問他不怕被搶嗎？繆爾冷靜地回答說，他的包包裡面沒有任何令人覬覦的東西。但對方不放過他，問他那為什麼攜帶武器。繆爾作勢把手伸進口袋回應說：「因為大家要確保自身安全。」就這樣，那個搶匪打退堂鼓，揚長而去。

松尾芭蕉在一六九四年出版的紀行《奧之細道》中，記錄一段行至世界盡頭的歷程，但一路上芭蕉疼痛不已，事實上他病痛纏身已有一段時日，數年後更因病壽終。

---

① 奧根・海瑞格（Eugen Herrigel 1884-1955）：德國哲學家。
② 韋納・荷索（Werner Herzog）：德國著名導演、演員與編劇家。
③ 洛蘿・艾斯娜（Lotte Eisner 1896-1983）：德法作家，電影評論家，檔案管理員和策展人。
④ 亞西西的方濟各（François d'Assise 1182-1226）：簡稱方濟各，他是方濟各會的創辦者，知名的苦行僧。教宗方濟各的名號就是為了紀念這位聖人。

整個旅程上的際遇難料，他才大肆享受溫泉之樂，晚上卻只能在破舊的草屋過夜，睡在鋪在地上的草薦，連一盞燈也沒有。突然之間下起一場大雷雨，滿身都是跳蚤與蚊子的他，根本無法入睡。直到破曉時分，他筋疲力竭下重新上路：「遠赴他鄉一直是我旅行的目標，但陳年宿疾使得這樣的目標變成千難萬險；然而，走遍山陬海澨者，超乎生死，擁抱無常；如果我最後死在途中，那也是上天的旨意；如此思維為心靈注入些許能量，讓我走出城郭大門時，能跨出無比堅定的一步。」芭蕉為當代健行者的先驅。日本人將世事難以預料且變化萬千的強烈感受，稱為「無常」。在人世間，別只專注於雋永流傳的一切，更需留意流逝的事物，因為全都一直不斷演變。未完是人性的要件，儘速掌握事態則是一種隨著時間慢慢醞釀的方式，而非中斷。事情不分大小、不分細節，而是由本質累積生成，從未被殘餘常規所玷汙之言行。

狗是健行者與自行車手的夢魘。我很早就在《行走》一書中提到。每個人都曾有過相關的慘痛經驗。在步道上看到迎面奔來的狗，無從得知牠們是不是準備要攻擊我們，而我們該採防衛之姿，還是壓根無須擔憂繼續前進？還有更可怕的，當我們走的路線剛好會經過農莊，而這裡的狗狗都會特別凶狠，而且沒有繫上狗鍊，遑論部分圍籬又有點殘破。

民宿或庇護所有時也是小困擾，都不見得很舒適，通常都很擁擠之外，也不乏汗水、衣物與背包雜陳的味道。而午夜時分往往被打呼族喧賓奪主，同時晚到或早出者動作粗魯擾人清夢。其他如雨聲、風聲或是心中的擔憂，都自然成為旅途中鮮明的記憶點。尤其當提供遮風避雨的阻水建材卻嚴重滲水，我們身上全被淋溼，一點都沒有獲得庇護的感覺。羅伯特・史蒂文生離某個村落不遠處迷路了，因找不到路被迫在大風大雨中過夜，但他早上醒來時，卻感到昨晚睡得出奇地愉快舒服，「即使遇上如此惡劣的天候，如果沒有那顆擋住去路的大石，我也不會被迫在深夜時分隨處紮營……我不但沒有感到絲毫寒冷，甚至早上醒來時還懷有一股清晰放鬆的美妙感覺。」喜悅以獨自的脈動回歸，沉浸於富含禪意的智慧。在休息站稍微喘息之後，或者是日夜交替、景色轉換之際，都能再次感受歡愉的氣息。

有種法力經常把事端變成個人必須跨越的試驗。提早報到的九月雪夾帶雨勢，惡劣天候持續一整天，這位女性來到民宿時，累癱也凍壞了，不過當下沒燈也沒水。我們給了她一小盤的湯，但民宿飼養的貓群也跑來爭食。她覺得民宿條件實在太糟了，即使大雪紛飛還是決定離開。她睡在一處滿險惡的地方。然而隔日，「唯獨在此屋簷下，才有太陽從白皚皚大地升起猶如仙境的景色，在令人抖擻的冷空氣陪同下，目眩神迷，讓人嘖嘖稱奇。」（引自蓋伊・杜德《孔波斯特拉的朝聖者》）喬治・皮卡德走了一段長路覺得十分口渴，於是在一處農莊前停下腳步，向人討水喝，然而慘遭對方回絕，打發他說只要十分鐘（車程）就有一家咖啡館。當幸福與背棄都被化為烏有的心痛時分，猶如一記當頭棒喝喚醒我們，當今世界運行的體制當中，邪惡並未消失。如果是平常的情況下，如此被鄙視或被冷漠對待的片刻，經常衍生憤怒或失落感受。但歷經一段長途跋涉後，耐心與信心能讓這樣的感受煙消雲散。

行程中的小插曲是將來回憶的點滴、跟朋友講故事的泉源，更是與人攀談滔滔不絕的話題，為記憶提味的調味品。魯道夫・托普佛①以自己的口吻說道：「即使傾盆大雨的日子也有其可愛之處；讓沿途更顯生氣勃勃，有著更多有趣的際遇，與他人的關係更加緊密，大夥兒相互幫點小忙，而最後在抵達、團聚與乾衣的片刻時，話題也更加辛辣，而代表著一日滄桑的結束、養精蓄銳的餐點，似乎也比平常更增魅力。」

這時疲倦感來得正是時候，尤其是在淋浴或泡澡過後，以及就寢恢復元氣之際。

年輕的洛里‧李曾寫過：「筋疲力竭的同時也有種暢快的感受，一股輕柔且濃稠如油般的睡意緩緩襲來。一切皆為喜樂的泉源，不管是什麼自有其解決方法，而康莊大道總是擺在眼前。所以說健行本身就是一種藥方。」歷經一連串的考驗，疲憊不堪的博納‧奧利維卻體認到，失望沮喪的感覺會隨著公里數的累積而漸漸消散。「健行，妙不可言的健行，一如往常地再創奇蹟。隨著肌肉增溫，我收起滿腹牢騷，怒氣也被凍結。徒步兩小時後，我轉身欣賞破曉陽光下閃閃發光的農舍屋頂。」長途健行對於籠罩在灰心喪志的片刻是有益的，我們會滿懷期待地想起寧靜舒適的房舍，遠離永無止境的掛慮、疲憊以及永遠下不停的雨。當一步步的腳印慢慢地驅逐憂愁，鐘擺也再次回到充滿驚喜的原點，隨心所欲擺動的方向。

①魯道夫‧托普佛（Rodolphe Toepffer 1799-1846）：瑞士作家、畫家、漫畫家。

朝聖之路

「於是，離開一切文學性的思考範疇，沒有任何聯想，突然間屋頂、反射在石頭上的陽光、道路的味道，給我一種特別的快感，使我停了下來；我停下來也因為這些事物彷彿在尋找某種我看不見的東西，邀請我去占有它，只是即便我再怎麼努力也無法獲得。」

——馬塞爾・普魯斯特《在斯萬家那邊》

佛陀、耶穌基督、穆罕默德先是徒步者，藉由一步一腳印地走出去，信仰也隨著腳步和旅途中所接觸的人而擴散開來。這之前就在《行走的禮讚》裡提過了。基督教朝聖之旅代表著可能會持續好幾年的信仰熱忱，意味著恐懼、疲憊，更意味著離開舒適圈，遠離世俗的一切美好，過著貧乏的日子。從字面上來看，「朝聖」意為徒步遠離家園。前往聖地耶路撒冷朝聖，造訪耶穌基督生活過的地方最為刺激，因為光是來回就必須先穿越阿爾卑斯山，再跨越地中海。由於朝聖的信徒們會從聖地帶回象徵重生、信念戰勝罪惡的棕櫚樹枝葉，因此也被稱作棕櫚枝葉。他們希望來到聖人墓前向他們致意。

最受歡迎的路線是從羅馬到聖皮耶之墓。在很長一段時間裡朝聖者（pèlerin）與「romieu」或「roumieu」常被搞混，阿拉伯人甚至稱所有的基督徒為「roumis」。前往造訪聖雅各聖髑，孔波斯特拉為最漫長的一條路線。

連續好幾個月身處於崇高的精神社交世界，朝聖者將自己毫無保留地奉獻於主。

長時間身體力行地禱告，毫無間斷，而且需要不停地鞭策自己持續努力來戰勝貧困、恐懼……到處還得提防著撒拉森人有增無減的攻擊。從不同城市出發的路線圖，及休息或安置病人的休息站與日俱增。長時間的禁慾與回歸精神世界混合一起。朝聖者有的是時間，不介意為了參觀哪座教堂、敬拜聖髑或雕像而多繞幾段路。在這麼一段時間裡，跨越了數個地理領域，經歷炎熱、嚴寒天氣的折騰，尤其庇里牛斯山和阿爾卑斯山的大雪、寒風刺骨的冷夜更是折磨。對於從未離開自己的城鎮或舒適圈的朝聖者來說，更是刻骨銘心的體驗。他們捨棄既有的習慣，將平靜而單一的世界拋於腦後，把自己放逐在未知的新世界。帶著好奇心，鼓起勇氣，他們大膽地面對語言不通的人們與未知的環境。聖與俗、善與惡，每天與小偷、浪子、懺悔者為伴，尋找食物、水、補眠的地方，會發生什麼事情都有可能。

一封來自主教的推薦信等於一張加入朝聖團體的許可證。取得推薦信，朝聖者代表著家鄉與推薦他的人。有些人為了其他人而走，因為他們的身體虛弱無法承受跋山涉水的旅途。有些人走得良心不安，就像吉翁・馬尼爾（Guillaume Manier），他是一名皮卡第農民，一七二六年的朝聖者，也是指南書作者。與船長簽下龐大債務，為了躲避討債而走。還有些人離開則是為了尋找當時社會環境不允許的生活方式與行為規範。

在西元十世紀左右，來自教會的朝聖推薦信反映出許多懺悔者之所以踏上朝聖之路是為了悔過或贖他們犯下的過錯（亂倫、雞姦、殺人、強暴、褻瀆、通姦、納妾、冒瀆等）。路途的長短取決於教會或當地官方所判決過失之輕重。有時贖罪者的雙腳被鎖拴住或鐵鍊綁住，必須走到鎖鍊磨損自行脫落為止來取得象徵性的原諒。他們放下身段或選擇苦行來乞求原諒，抵免所犯下的過錯。他們有時候赤腳行走。其他人則受到宗教召喚滿腔熱血，無法抗拒崇敬聖髑的慾望而走，還有人則為了請求聖人多留意自己或親友的困難之處。遠離所有權威的這段時間，他們編織一段與神私密又更為神祕的關係。雖然神職者批准他們的離去，但有些教會人士並不樂見此現象。不是每個人都能到達終點，中途有些人死去，堅信他們的付出在天國會得到回報的信念仍然強烈。有些人與自己對抗著，抵抗不純淨的慾望、放棄的誘惑，但這正是通往精神世界的修行之道。強烈的熱情伴隨著大部分的人，他們依照路線造訪小教堂或教堂，當聖髑近在眼前，或當他們成功地克服困難，足以向上帝展現他們排除萬難向前挺進的韌性時，會經歷突如其來的頓悟。除非是跟朝聖團體，不然女性為少數，與今日的狀況完全不同，女性人數與男性一樣多。

孔波斯特拉是個崇高的中古世紀宗教精神之地。依福音書中所記載，雅各，約翰的兄弟，耶穌的門徒，為在加利利海的一名漁夫。熱血易怒的他想摧毀拒絕接待耶穌的村莊村民。而這位「雷霆之子」，耶穌如此叫他，見證了奇蹟，與耶穌共享了最後的晚餐，耶穌聖容顯現時他也在場。西元四四年時，巴勒斯坦的希律王下令處決雅各，他的故事融入了傳說中。西班牙的門徒把聖髑帶回他曾經傳教多年的加利西亞安葬。六七六年時被封為西班牙的主保聖人，然而安息地在很長的一段期間裡被遺忘，直到八一三年一連串神祕跡象引導著一名修士；當時他與主教在一起，靠近聖費利克斯教堂時有顆星星引起了他的注意。這就是孔波斯特拉（Compostelle）名字的由來，源於拉丁文「campus stellae」（星野）。阿斯圖里亞斯的國王阿方索二世為了安置聖髑，下令建造一座教堂。而聖髑出土時，基督徒與回教徒之間的衝突「再征服運動」正如火如荼進行當中。出土的時機正好替西部開啟了一個匯聚基督教徒的點來抵抗回教徒的占領，直到加利西亞只剩基督教徒。雅各同時存在兩個互相矛盾的形象，又是貧困與謙卑的朝聖者，又是聲勢烜赫的抗摩爾人（Maures）戰士，他的稱號「matamore」（殺死摩爾人的人）即由此而來。其實為了鼓舞基督徒戰士，他出現在好幾個描寫對抗回教徒戰事的故事裡。自九世紀以來，前往孔波斯特拉這個西班牙偏僻地區朝聖的信徒愈來愈多，他們除了來造訪聖人的安息地之外，同時也是受到故事中與雅各相關連的奇蹟吸引。因為順著銀河蔓延，成為天空與陸地的連結，所以稱之為「繁星之道」，也為其添加許多神祕色彩。

長久以來他們夢想著到達聖地亞哥，也期待著看到自己的蛻變。做著返鄉時與親人重逢的夢，到時會多有面子，不只造訪了神聖的源頭之一，而且還那麼勇敢地離開舒適的村莊，大膽地面對未知。基本上，他們都在復活節期間出發，在這之前，經過懺悔後罪行得到了寬恕，在莊嚴的彌撒中眾人圍繞之下接受聖餐禮。朝聖時的衣服與袋子也受到了祝福。手杖是用來提醒他們木製的十字架，可驅趕象徵惡魔攻擊的野狗與狼。手杖同時也是他們的第三隻腳，象徵著「三位一體」。出發時分來臨時，朝聖者通常會兩、三人結伴一起，來自大城鎮的人則成群結隊尋求彼此的守護。勒皮當時是個朝聖的地方、商人聚集的點、前往孔波斯特拉的出發地。他們清貧如洗，身上沒帶什麼錢，為了贖罪，也為了怕引誘有時喬裝成朝聖者的小偷前來博取他們的信任，又隨之洗劫他們少之又少的財物。即便受到教會的保護，也有心靈的力量支撐著他們度過這段深刻的宗教體驗，但暴露在容易受到掠奪、暴力對待的環境中，他們備受威脅，甚至也有人為了掠奪他們身上僅有的財物而殺害他們。客棧聲名狼藉，他們剝削客人，有時甚至將他們殺害，就像十一世紀時馬孔附近沙特奈的森林裡，有客棧趁客人睡覺時殺害或偷取他們的財物。根據當時的一位作家，官方找到八十八具埋藏在酒館附近的屍體。朝聖者沒有一刻不擔心自己的安危。像在羅馬或耶路撒冷的路上一樣，他們容易遭受到穆斯林，或來自大西洋海岸邊諾曼海賊的攻擊。有時他們必須防禦森林或荒郊野外的狼群，想辦法克服寒冷、恐懼、陷入沼澤或流沙、病痛與受傷的困境……渡河時最麻煩，時常讓他們受到其他路人的欺壓。就像埃梅里克・皮科德①在他的指南裡提到，有些人很惡毒、惡劣，擺明欺負人，不讓朝聖者或他們的馬喝水。

① 埃梅里克・皮科德（Aimery Picaud）：十二世紀的法國學者、僧侶和朝聖者。

當朝聖一開始進行，很快地，皇室的指令、教會採取的措施、各城鎮也跟著下令確保朝聖者通行無阻，保護他們的安全。他們並不是遊民，有確切的明文規定把他們列為保護對象。朝聖者能夠盡情地仰賴沿路居民的善心。他們能在神聖的場所找到休息的地方，與居民一起用餐，基本上沒有人會對他們緊閉大門。但最常見的還是選擇在旅館過夜。古羅馬的通道都經過修整，橋也搭建了，道路也維護好了，修道院與中途驛站也準備好迎接他們，醫院也有人負責醫治生病或受傷的朝聖者……寒暑推移，聖雅各之路轉變成了一條具有分量的商店街，匯聚來自各地的朝聖者，勾勒出現在歐洲的樣貌。猶如天降嗎哪般永無止境地造福民宿主、換匯者、工匠、導遊。

十二世紀前葉普瓦圖修士學者埃梅里克．皮科德在他一一二二年改編成法文版的著作《聖雅各—孔波斯特拉朝聖指南》裡不只給予實用的建議之外，還介紹了四條路線，描述不同的階段、路過的村莊或城鎮、地理位置，揭露可滋養旅客心靈供奉聖髑的小教堂、教堂。雖然基本上朝聖者都免繳稅，但指南裡寫到有些地方不甘少賺錢而強行向他們收取過路費。有時如果不願給的話，還會被打。埃梅里克提到朝聖的成功之處：「所有來自世界各地的外國人帶著獻給上帝的祭禮蜂擁而至。」想必雖然只有少數的讀者有辦法通行。然而，尤其自印刷技術發明以來，朝聖指南為最廣泛的閱讀物之一。它們提供建議及路上到處收集到的資訊，除此之外，路旁的「montjoies」，也就是堆砌的石堆、被其他朝聖者綁在樹枝上的繩結或地圖，都指引著方向。長途跋涉，蹣跚而行來到孔波斯特拉邊境的拉瓦克拉河，就地使用大量的河水盥洗，這時身上通常都還穿著出發時的衣服，但造訪聖雅各前得先把自己打理一番。然而，浸泡在水裡更是意味著重生、淨化、重新回到世界繼續面對嚴苛的朝聖之路。當他們來到聖髑旁，聖雅各的朝聖者們（稱為jacquaires或jaquets）距離終點還有一半的路程，回程時他們還是暴露在這險惡的環境之下徒步行走。

即便想去，也不是每個人能去得成，然而有些人不用遠離自己的故鄉也能把自己帶到神聖之處，例如：每天進行日常生活中大大小小的事務時、移動時，在腦海裡有畫面地想像著耶穌所經歷的不同狀況，伊拉斯謨[1]便是如此。一五〇〇年在史特拉斯堡大教堂傳教時，約翰・吉勒想像著一位被囚禁於塔的犯人，無法前往慶祝羅馬禧

---

① 伊拉斯謨（Erasme 1466-1536）：荷蘭哲學家、人文主義者和神學家。

年。他計算出一段三十二天的旅程（他的計算有點太誇張），再撥出七天巡禮羅馬各教堂、造訪聖皮耶之墓朝聖，回程也是三十二天。在這些日子裡囚犯就能圍繞著他的牢房步行，再花七天專注於禱告。如此一來不用親自前往羅馬也能獲得朝聖的益處。

（引自喬納森・薩姆欣①《朝聖：中世紀宗教的形象》）

到了中古世紀，虔誠熱度慢慢熄滅，新教的影響之下朝聖被視為迷信，踏上朝聖之路的人也跟著減少。二十世紀時，有部分的朝聖之路因都市化、土地整理、柏油路等原因而消失，七〇年代開始才慢慢得到重生。根據宗教官方統計朝聖者一九八二年有一百二十名，一九九〇年四千五百名，一九九七年二萬五千二百名，而今日來自世界各地的旅客高達好幾十萬。

所有的步行一開始都只是健行，但隨著時間流逝，透過宗教含義濃厚的自律性，逐漸轉變成朝聖，這代表時時刻刻的默想，與遠離世俗生活的保護，直接面對一個差異性激烈的世界。尤其當時間拉長，結合不同層面的精神性，有時是宗教性的啟發，但大部分則是神聖性質，也就是源自內心，無法言語的個人體驗。對於孔波斯特拉的步行者來說，信仰的確是一部分人的動力，但對其他人而言尋找之物各式各樣。朝聖之路的重生意味著對現代社會物質世界的抵抗，例如產品的盲目崇拜、競爭、講究迅速等等，前往尋找價值、意義、一個被今日苦悶的社會與經濟條件主宰框架外的世界。朝聖的歷史無論如何都屬幻想的召喚，一個介於心靈探索與走出自我的強烈慾望的拉扯。沒有當地朝聖這回事，阿方斯・迪普龍②提醒著，只有與單調的日常生活決裂，向其他地方、外地走出去的行走。拉丁文「peregrinus」一詞意指外國人，外地人帶著不安從外地來到神祕的地方，只能透過自己的方式來理解它。然而，如果我們自己不尋找他們所尋找的東西的話，只是單純地跟隨著古人的腳步是不夠的。

神聖存在於移動當中，也存在於行走當中、進行的程度，以及因而得到的快感當中。目標不過是附加價值，上路的藉口而已。當行走者接近朝聖終點時，他有時會感到微微的哀傷，即便隨後會被其他慾望取代，還是會對即將化為泡影的這場夢感到感傷。世界之神聖性存在與否決定於觀看人的角度，進而定義出朝聖之路的意義與價

---

① 喬納森・薩姆欣（Jonathan Sumption）：英國作家、中世紀歷史學家。

② 阿方斯・迪普龍（Alphonse Dupront 1905-1990）：法國歷史學家、人類學家。

值。朝聖者、健行者、觀光客、旅人、運動愛好者、受到基督教或其他宗教信仰驅使的善男信女、無信仰者或尋找信仰者在這條道路上擦身而過。有些步行者來還願。他們許下心願，如果他們的小孩或親人康復的話，或能夠延緩自己的病情、或當他們找到工作或順利退休的話，一定會來朝聖還願。人們向上帝或聖人請求很多。當他們得遂所願，他們就想來答謝聖雅各。還有一些是代替無法親自前來朝聖的，例如：老年人、身心障礙、病人的步行者。真理之路的真理不在道路本身，而是存在步行者的心靈中。而且真理與踏上真理之路的人一樣多。因此事後每個人可說的故事都不同，這就是最吸引人們，讓他們決定踏上此路的賣點，也是在路上的人們得以堅持到底的動力。對許多人來說聖人的遺體在不在場並不重要，重要的是那條通往聖髑的道路，大家都知道比起事實，傳說所帶來的影響力更大。

今日的朝聖者大多是步行者，無法從他們的衣著來判斷他們的背景狀況。他們的教會屬於個人，他們也是唯一的信徒。每個人走向自己內心的神殿。如果我們的社會只專注在物質生活的話，我們便荒廢了可以接近超脫狀態的管道，於是社會就無法提供我們存在意義的解答。消費主義無法滿足追求意義、尋找可以合理化我們存在的神聖力量的渴望。當然宗教性不會消失，但已破裂成無限個碎片，再因應不同主觀角度重組，它傾向轉化為一種私密的精神性，混合各樣形式、自由的排列組合，但完全不具有我們所認識的古老宗教系統的權威。有著強烈情感的一面。客製化的信仰，由數個精神世界系統組合而成，或是私密化的信仰，無法輕易地向其他人訴說。不只有踏上孔波斯特拉的步行者才能體會到與世界重新連結、在這世界找到自己的位置、沉浸在傳說之中的感覺。漫長的旅途中產生的人與人之間的社交都展現在這開放、相互、感恩、團結的精神裡。數不清的萍水相逢，來來去去的人們在某個階段相遇、分離，又在某個階段重逢，這都是朝聖之路的一部分。

情感的感受度達到了極限。由於少了日常生活中的限制與責任、讓情緒惡化的作息規劃，一個友善的動作、一個微笑、意料之外的施予：一杯水、一杯葡萄汁、避免誤入歧途難能可貴的方向指點，這些在沒有經過要求之下所得到的善意，感恩之情不禁油然而生。然而，一個傷口、一個輕微的疼痛、欺騙，不再像以前能在生活的日常中淡化，反而激發出更深刻的挫敗感。朝聖之路善於激發出各種感受：喜悅之淚，因疲累、付出、生病或害怕受傷被迫放棄的挫敗感，站在絕景面前的感動、與幾天前相遇的朝聖者重逢的喜悅……經過幾個禮拜的努力付出，神經變得敏感，各種狀況都能引發情緒高漲。然而，還是必須持續地往外走，再往外走。

這條長達兩千公里細長的道路在這世界裡打開了一個特殊的境界，受到一樣啟發的男男女女，順從一樣儀式的支配，沉浸在這個暫時性的例外當中。離開舒適圈、遠離親人的情況下導致無法每天沐浴，無法在大自然裡滿足本能需求，無法站在衣櫥前隨心所欲地換裝，傷口無法馬上處置……社會表徵限制鬆動，在平常社交圈體驗到的清醒的愉快感，這個不常被允許的快感重新與朝聖之路連結。從一個靜止不動在舒適圈裡根深柢固的人，轉變成一個無時無刻不在創造自我的流浪者，並且不害怕離開。

今天朝聖之路是一幅馬賽克圖，移動形式不受拘限，形形色色：徒步、自行車、牽驢、騎馬等等。朝聖者的體驗也多采多姿，有人選擇只走幾天，從附近的城鎮直搗孔波斯特拉，也有人千里迢迢從遙遠的地方來：巴黎、布魯塞爾、史特拉斯堡、羅馬……有人一次走完，或分次走完，也有人對此情有獨鍾到無法自拔的地步，採取不同路線重新踏上朝聖之路。從此層面上的確看得出世界個人化的現象日新月異。每個人出發的理由不同，採取的進行模式也不同。出發的目的轉化成修行之路。原本希望找回健康、迴避困境、感受長時間身體力行的美好體驗，卻被迫進行了一場深層的自我改造，然而這個新發現，特別是精神層面，是怎麼都預料不到的。就像尚—克里斯朵夫・胡方指出的那樣：「這就是朝聖之路魅力所在之一，不管目的為何，總會施予朝聖者意外的神聖感受。」也包含在這個特殊背景之下，一些接待人的住所、彌撒、教堂教會參觀，或者是受到這個環境所激發出的自由與美的感受。然而，相反的情況也有，有些人原本期待一趟神聖或心靈之旅，卻受到物質上的憂慮、無聊、簡陋的生活阻撓，或看到太多步行者與路上的商店而感到失望。朝聖之路變成了歷史遺蹟、觀光勝地、長途健行步道……不屈不撓走完全程的吉恩—克勞德・布爾勒斯坦承自己是「一個沒有信仰、也沒有教會的朝聖者」。當他來到孔波斯特拉時，他自問這趟旅程的要旨為何，但找不到答案：「不，這不是宗教性質的朝聖……難道是精神層面的朝聖？還是文化性質？以受限於某些層面來說，這個詞也許還比較合適……好吧，就這麼決定，文化性質。」

有時出自於內心需求渴望移動，嚮往觀光景點的殷勤招待、與人的邂逅相逢、想要獨處時間驅使著已經陷進去的步行者，無法回到過去那個強調社會或家庭責任的普通生活。想看見地平線出現在眼前的渴望持續燃燒，而不是城市的城牆或自己生命的圍牆。朝聖之路成為生活重心。走完一趟之後，又得再尋找一條朝聖之路，或者再往回走，或從其他的地方出發再走一次，或者選擇另外一個季節再走一次。吉恩－克勞德・布爾勒斯自問：「再一次，再多走一趟，我試著了解為什麼這條路能在我的生命裡變得那麼重要，它是如何辦到的？」經過一個禮拜的步行來到畢爾包時，尚－克里斯朵夫・胡方衡量著他的好奇心與疲勞，他規劃著回家的旅途。在旅館準備要睡覺時，他答應自己一醒來就去搜尋回巴黎的火車時刻表。「但是這條路比起誘惑的惡魔們還要厲害。」他寫道。它又機伶又狡猾，它先讓他們說話，現出原形以為自己贏了之後，它突然喚醒睡夢中的人，他立刻起床，全身都是汗。道路以指揮官的雕像現身，指著您控告著，「什麼！竟敢放棄，你知道半路放棄的恥辱嗎？」懺悔後，他回到路上，繼續他的旅程。路途中，他遇到了一名已經走過五次朝聖之路的男子。這次從布魯塞爾出發，他已經走過幾乎所有的路線了。「談起朝聖時，他把它比喻為一個沒有好結果又冗長的笑話。他發誓這次是最後一次了。然而，從他發誓的樣子來看，不難看出他自己也沒什麼自信心，而且有可能每一次的旅途中他都這麼說，好像也沒什麼用。」

今日來到孔波斯特拉的人已經感受不到當年朝聖者所體驗到的內斂與美。不在意的人很多，他們開心地迎接終點，但有些人則對於回到原本拋在腦後的那個充滿人群與嘈雜的世界裡感到哀傷，只是這個世界從來也都沒有停止旋轉過。他們放在人行道或道路上的背包夾雜在觀光客、機車騎士、其他步行者、數不清的紀念品店當中，獨處與寂靜已不再，他們感到長久以來陪伴著他們的價值觀受到褻瀆。一安置好行李後，空虛感來襲，面對剩下的時間使他們倉皇失措。觀光或商業與神聖纏繞在一起與不停止向外移動的分界線使朝聖之路充滿了矛盾，對此抱有什麼看法只能取決於長途行走於此路步行者的心情。可通往拉瓦克拉機場附近，聖地亞哥的終點是一幅可怕的後現代拼貼畫，殘忍地提醒著，朝聖之路只是一個括號，一個充斥著高科技與消費主義，痛苦的現代世界裡的躲避方式而已。每個走向孔波斯特拉或其他地方的旅程就只是個西班牙公寓，裡面什麼都沒有，只有朝聖者所帶進來的東西而已。

美麗的脫逃

「原諒我這些愉悅的獨處時光。我並沒有因此興奮到去吹奏喇叭，或站在岩石上。但是它療癒了我，放鬆了我，調和了我，使我變得更柔軟。我知道，我有經驗。聖維克多山的小徑把我淨化得像顆石頭，它使我變得更能夠欣然地接受等待我回去的各種痛苦。從風蕭蕭的高處往下走，我回到了人間。」

——雅克琳娜・德・羅米莉《聖維克多山上的小徑》

（Jacqueline de Romilly 1913-2010 法國哲學家，古典學者和小說家）

遠離熟悉的安全感，以技巧或在生活圈裡的標記編織出的保護網，或者離開親人的身旁，道路會引導出脆弱感、赤裸感，讓人暴露在無法預測的世界裡。有時在毫無遮蔽的情況下，它把人送進暴風雨中任由風吹雨打，或在寒冷、酷熱當中，甚至有時還讓人飢渴交迫。它會讓人遇見喜悅的話，有時也會激發出恐懼。它會開啟深處的小路讓人有時重新評估以前的決定，回憶起遺忘的臉孔。錯綜複雜的思緒重新連結在一起。我們就這樣在心中找到一處還被忽略的地方，剛好暴露在外、最深層的地方。思緒飛到了一個可能的不同人生，在不一樣的地方，過著不一樣的生活。

步行者只剩下身體的力量，在歡喜中確實地感受到踏出去的每一步，付出的每一份心力。他放任自己在這周遭的空間裡為所欲為：品嘗著陽光或雨滴，玩味著風、雪、或冰雹。他面對一個世界，感受著前所未有的刺激。他看著黎明破曉或日光一點一滴被吞噬，時間往前推進。他終於住進了包圍著他的世界，沉浸在這個大環境裡，取回了他自己，取回自由，捨去舒適方便的一切，以及有礙於他的生命本質的事物。

慾望簡化至最基本的需求：睡覺、吃飯、休息、洗衣服等等。梭羅在《湖濱散記》強烈地說道：「我步入叢林，因為我希望活著時深思而後行，排除一切與生命不相關的行為……，活得多采多姿，汲取生命中所有的精華，活得果斷，堅決一點，擊敗一切非關生命。」走著走著，身體、感官、情感、時間、空間都變了。

步行者改變了他對世界的認知，他拋開螢幕，或只在必要時開啟，為了找回身體沉浸在一天當中的感覺，更有深度地加強他與世界的連結。不是站在世界前，而是要進入裡面來認識一個無法與事物分離的自我意識。平日的練習改變了他的身體、時間跟其他人的關係，正確地觀察萬物。地方是一種體驗，而不是抽象的地理環境，因為他連結回憶，賦予回憶形體。地圖存在於身體裡，在感官裡，也在當時的情感裡。我們只能依靠慢慢地步行的方式來占有景色，仔細地體驗每一刻。追求新發現的渴望在寂靜中展開，一步一蹬地與自然景觀融合為一體。沉悶的步伐時常嚇到不常出現的動物，像是這群奔跑穿越樹林的山豬，或一頭走失的驢子單獨站在巴卡拉森林的步道上，望著我們，似乎在盤算著尾隨我們的可能性，常見到的有雌鹿、雄鹿、狐狸，秋天則聽得到雄鹿的低吼聲。在巴西的格蘭德島上我們走在一條夾在兩個海灘中的森林步道，走了許久，有好幾公里，然而路途上一直都有一、兩條狗跟在旁，每次都不一樣，怎麼趕也趕不走。走到某個點，牠們突然一溜煙跑不見了。我們後來發現原來牠們是害怕在島上這邊成群結黨的小猴子，而選擇尋求在不知情下與牠們保持距離的人類的庇護，來走完這部分的路途。只要靜靜地緩慢地走，沒有任何威脅，動物很少受驚嚇的。幾次走在卑詩省也只看到熊的排泄物，沒有看到熊。在巴黎遇見熊的話只能說是個奇蹟。然而有一天，維克多・雨果從巴黎步行到克萊。在邦迪森林裡，他坐在布滿草的斜坡上寫字，突然，當他眼睛往上一看，他發現前方斜坡的另外一邊有一隻熊目不轉睛地看著他。是在做夢嗎？他問自己，但在他眼前的的確是一隻平靜坐著、嘴巴微開的熊。雖然有點不安，但他還是繼續寫著他的稿。然而，突然有個聲音驚動了他。另外一隻熊也跑了過來，不久還玩了起來。真的開始緊張了，雨果正要伸手撿起他的手杖，打算安靜地消失，這時來了第三隻，然後其他的也跟著來了。這個不可思議又令人擔心的情況把他嚇呆了。突然，他聽見了狗叫聲，七、八個帶著鐵棒的男人出現在路上。然而他有這麼一段謎團般的敘述。有個徒步移動的巡迴動物園，趁人們不注意時，嘴套被取下來等待吃飯的熊逃跑了。

在山上的話有山羊、牛、土撥鼠、羚羊，有時看得到鼬。每個區域養育著不同的動物，豐富著流浪者回憶中的祕密花園。觀察著孕育無數鳥類與花的世界讓西蒙尼・雅克卡馬德①嘖嘖稱奇。我寫了下來，還不由自主地歸類起來：「一隻紅額金翅鳥在斜坡上，同時出現兩隻紅額金翅鳥，一隻雀形目，藍盆花，拉拉藤，一大片的法國菊，鋪地百里香、藍風鈴，毛茛。」這些擴散到數百公尺遠，再怎麼張大眼睛也無法將小徑兩旁無止境的動物、樹、花盡收眼底。賈克・拉卡西耶也將所聞所見記錄下來，與超過數百人分享他旅途中的生活時光，他回憶起動物與昆蟲：「昨天睡在小徑分岔處的毒蛇，還有一隻我在奧伯里夫大森林看到，也是呈現入眠狀態的毒蛇，然而早上的這隻蜘蛛和許許多多的昆蟲，我跟隨牠們的腳步，看著牠們覓食、尋歡，因為行走本來就是要先懂得暫停、觀看、慢慢地來（過著與人類不同的時間），懂得等待沉得住氣，像蜘蛛那麼有耐心，或像毒蛇的（無夢？）睡眠。」

位置的變化，把自己置身於外處能培養出對環境新的關注力、有別於日常生活的

① 西蒙尼・雅克卡馬德（Simonne Jacquemard 1924-2009）：法國作家。

好奇心。永無止境的觀察等待新的發現。選一條可到達卻沒人走過的路，去發掘世界新的一面。行走中的思緒對一半的人來說是天空，維吉尼亞・吳爾芙寫道：「如果我們有辦法將它進行化學分析，我們會得到有顏色的顆粒及數以升計的大量空氣，然而它們也立刻變成輕盈、冷淡的。」我們必須從其他層面進行不一樣的思考。

小徑或道路上的男男女女已不是原本的人了，他們抹去內心中的定位標記，去尋找一個更快樂的自己，他們暫時拋開把自己囚禁於責任中的身分地位。重新創造自我，把自己像骰子般地丟出去，丟進下一個未知的世界裡。行走者拋開他的身分地位、權勢威望或卑微的條件，再也不虧欠於誰，只需在那崇高的境界裡邂逅持有相同體驗的男男女女。從個人社會狀況和令人窒息般的家庭、社會、朋友關係之中抽離，暫時休息一下。細心且滿腔熱忱的過客可遇不可求。他們與世界保持距離，看著它的運轉，從此以後只是個旁觀者。

受夠都市生活的保羅・康涅提[1]暫時逃避到山上。離開居住的小屋，走在阿歐斯塔谷高處的小徑上。「我往下看，看穿這清晨八時的清澈空氣，我能清楚地分辨出穿越山谷深處的道路。兩千公尺下的世界似乎屬於另外一個星球：來來去去的汽車、幾乎快看不到的工地，可能還會以為這些村莊是精緻的蟻塚，從上往下看，當生活簡化到只需要吃點草和曬太陽，簡直是荒謬極了。」即便只有幾小時的逃避能將人從睡眠喚醒，不再憂鬱、懷疑、心情低落，因為樂在其中的勞力能消除所有的緊張感。

西蒙・波娃回憶起懷念的青春，在馬賽一所高中教課的時候，一有時間就脫逃去普羅旺斯散步，她只穿著帆布鞋，帶著行李，不在乎其他東西：「行走時，我感到好興奮，等到我晚上回到家，腦中一片空白：重新開始。支撐了我二十多年的激情反咬了我一口，萬事只有歲月能走到盡頭；當年熱情將我從無聊、後悔、憂鬱中解放出來，流亡變得有趣多了。」她的同事們對遠足也興致勃勃，他們甚至還為此專設一個公告，裡面包含多采多姿的行程，也一起同行。西蒙・波娃拒絕加入他們的團體，即便經常受到邀請，但她寧可一個人。「我不想因深思遠慮而過著平淡無味的人生……一開始我只限制自己走五到六小時；後來，我規劃九到十小時的路途；有時我甚至還走超過四十公里……我從來就不運動，但我喜歡運用最有技巧的方式，竭盡身體所有

---

① 保羅・康涅提（Paolo Cognetti）：義大利作家。

的力量。」

行走的體驗像潛進世界的另一個層次，另一個時代，另一個時空，另外一種生活方式。健行者通常望著這些汽車或村莊，置身事外的樣子，彷彿自己來自另一個銀河。遠遠看著其他的人的生活動態，平靜地走著自己的路，不需要向人報告什麼。隨著時間流逝慢慢顯現的疲累感從來也不是個問題，反而期待著之後的沖澡或泡澡，一頓美味的佳餚與一夜好眠。傍晚這個階段，史蒂文生說道，「您的肌肉雖然緊繃但毫無不適，您感到如此舒暢，有力，蓄勢待發，無論做什麼，不論動態或靜態，都能感到驕傲與一種高品質的愉悅……一次熱血的行走將洗淨您的心胸狹隘、傲慢問題，比什麼都來得有效，放任好奇心自由地扮演好它的角色，像孩童或科學家那樣。

我已寫過在城市中毫無目的的行走所產生的快樂，在此不再贅述，城市外或都市化空間內的行走所激發出的深層喜悅有些差別，身體上的認知在混亂中體驗著。即便某些為特例的地點也能激發出驚豔的感受。巴斯卡・季聶①於秋天漫步在日本京都桂離宮花園時，多重感受接二連三地衝擊著他：「漫步時我感到芬芳油然而生包圍著我，濃郁到生出了雨水，擴散開，然後降下來。我蹲在迷魂的芳香中，撿起了花園的第一片楓葉（也在石頭步道上許了願）。」都市的形成由功能性的角度出發設計而成，為了使動線循環順暢，倡導有效率的移動和行人、騎士與汽車……的和平共處。比起因地點的刺激而感到愉悅來說，感官對於自我保護的機制更為必要。都市幾乎不能提供什麼觸覺性的刺激，除非前往市立公園或者坐到草皮上，與土地、樹、物體的接觸幾乎不存在。都市之外，緩慢地進行，沒有儀器的技術輔助之下，以人類原始狀態沉浸在自然景觀裡，意味著一個立即的感官體驗。「師父與和尚漫步於山中，師父問說：『感覺到月桂的芬芳嗎？』和尚說：『有。』師父說：『這麼一來我沒有什麼可教你的了。』」當理解環境中的某個東西時，步行者不會說「我看見了」，而是「我感覺到了」。整個人在他的世界認知當中動了起來。凝視不是單純看而已，而是看到了比表面更深層的部分，放任思緒自由自在地流動，在心靈中飄浮著，不受地點限制地交流。「傍晚時，杉木的芬芳傾瀉，我們遙望著灰色的山巒，山峰上的白雪發亮著。使人感到平靜的藍天在上面展開，這些我們從未見過本體，一直以來都是用一層

---

① 巴斯卡・季聶（Pascal Quignard）：法國小說家。

心理作用的薄膜覆蓋著它，我們看到的反而是這個。繼承來的情緒，個人心靈世界在大自然的這些實體面前甦醒。我們從中看到自己，從這個角度看，於是世界也是代表著我們。森林、山不只是概念，也是我們的經驗，我們的歷史，屬於我們的一部分。」步行者提高警覺往前邁進，耳朵仔細聆聽，眼睛睜大，敏銳地去感受世界的形形色色。留意小徑大量施予意外的恩惠，或以他獨特藝術家的方式從中所創造出來的機會。

一棵在草原中站立的橡樹，牛群群聚於陰影下，用來當牠們水盆剝落斑殘的浴缸，翩翩起舞的藍蝴蝶飛過一朵又一朵的花，附近溪流的水聲，簡單快樂的時光讓人有種命運操控在手中的感覺。以對角線的方式行走世界，與其選擇道路，行走在小路、小徑上才看得到環境的另一面。路徑蔓延在社交的邊緣，如果只走大路的話，感受不到眼睛看不到的東西。走進被電腦螢幕或正式的立面所遮掩起來的庭院的背後、世界的背後。行走是走進優裕的世界裡，走出表面整齊又乾淨的城市或鄉下，或熟悉的環境，更深入接近這個豐富的泉源，然而取代與世界各種關係的技術與占領所有土地的都市化，阻礙了我們看到它。行走是為了好好地再看看我們的環境，洗滌習以為常、對周遭環境早已麻痺的視角。景觀釋放出一種讓旅客止步的魅力。具有一種無法抗拒的吸引力。「感受事物的氛圍，是給予觀看者觀看的能力。」華特・班雅明說道。走馬看花是無法看清景觀的，景色的顯現是從觀看的角度與期待中而生。一名步行者不經意看了一眼的山陵，使另一位止步，停下來凝視一會兒，絕景收盡眼底後再繼續行路。放任自己受到環境影響，絕不錯過任何被驚豔的機會。

盧梭回憶起年輕時長途徒步跋涉的旅程，那時候沒有什麼能困擾他，他與景色融合為一體。「從來沒有如此思考過，如此存在過，如此活過，如此地像自己，如果我敢這麼說的話，只有發生在獨自徒步行走時……我有整個大自然在我的掌控下；我的心遊走在事物之間，物色出令它悸動之物，迷人的景色緊緊地把它圍繞著，使它沉醉於可口的感受中。我只能感受到出發的快樂，我不再於到達時感到快樂。」他在那時甚至確實地感受到在他的生命裡快樂的永久性，一七六九年五月十九日寫給杜佩魯盧梭的摯友的信中提到：「只要我有力氣散步，我就會找到活下去的快樂，而這個快樂是人們無法從我身上奪走的，因為其泉源在我內心當中。」這些美麗的脫逃真是片刻的恩典，私密的神聖突然降臨，把日常的世界拔起，受到的領悟雖短暫，卻永久地刻印在記憶裡。

打開簡陋房間的窗戶，睡在朗格勒高原的賈克・拉卡西耶近距離地看著森林，他聞到乾草與大地的香氣，「在這步行當中我感受到的快樂十分深刻，步行會讓你發現黃昏時像這樣的一個地方，事物緩慢了下來，時間獨立地存在著。」約翰・繆爾穿越優勝美地山谷時經常讓他感到驚訝：「在我的人生當中從來沒有凝望過如此壯觀的景色，一個山中散發出無窮無盡極美的寶物。對於從來沒有親眼見過雷同景色的人來說，我能給予的敘述，再怎麼華麗也無法呈現它一絲的氣勢，與散發出來的神聖光輝。沉浸在喜悅當中的我大叫著，揮舞著手臂，又喜又驚的聖伯納犬卡羅加入我的行列，一起瘋狂地跑著。」驚訝之餘，聽到離他不遠處傳來樹枝斷裂聲，一隻棕熊現身，毫無疑問地覺得狗很危險，拔腿就跑。在信裡，他提到一天行走四十幾公里的疲勞，「但付出的只有千分之一，不足以媲美我所獲得的。在山峰的叢林裡的我，背靠著爬滿青苔的樹幹。真希望你們能看到昨晚我休息的房間。」他回憶起那時候在肯塔基州的樹林與景色。「我怎麼能夠在這次的機會裡清楚地表達在我面前展開好幾公里的絕景？豐滿、綿延不絕的山陵，山谷藏匿在無底的綠意之中，這些驕傲的樹主宰著依偎藏於樹枝下大量的影子，向偉大的太陽獻上身上的樹葉，享受著太陽的撫摸，都已刻在我的記憶裡，永不消失。」除此之外，與從小就內建化的習慣保護機制決裂，在滿天星辰下睡過的地方，結合睡在地面上的情感、見證世界甦醒時分之美，時常留下愉悅的記號。

在洛澤爾的山嶺上，有條河流如此地細緻、變化無窮，細膩程度讓從來沒有見過的史蒂文生極為感動。「即便水晶也沒有如此透明；綠地的綠也不及它的一半，而且每次來到湖邊，我感到一陣強烈的慾望，顫抖著，想把保暖又充滿灰塵的衣物都脫掉，然後在山上的水與空氣中浸泡我赤裸的身體。畢生也無法忘懷那天是星期日。那時的寂靜變成了永久的紀念品，我聆聽著、想像所有教堂的鐘聲與聖歌吟唱的歌聲往四面八方射向歐洲各地。」朝著卡拉米的方向攀爬了幾小時，面對眼前的小徑，亨利・米勒[1]受到片刻感動的來襲：「整個氣氛金光四射使人不禁顫抖，籠罩著伊奧尼

---

① 亨利・米勒（Henry Miller 1891-1980）：美國乃至全球最重要的作家之一，富有個性又極具爭議的文學大師。

亞的早晨薄霧之下，加上小馬身上鈴鐺清脆的響聲，酒吧服務生呼叫聲的回音，遙遠的下方傳來海浪的拍打聲，還有山中傳來難以言喻的低鳴，無庸置疑不是別的，是時間下的血之重鎚。」行走，尤其當我們遠離家園時，施予像這樣奢靡的喜悅。感恩的心從意外且絕美的景色中生出。我們走出自己，讓一種存在於這世界中的深刻感受觸及自己，這都是驚喜的時光。一種完美感主宰著，雖然只是暫時性，但是會改變你。記憶裡會留下一道刻痕，也在內心留下一個避難所，好讓一切都在掌握之中、生活再度變得麻痺不堪之際有個休息的場所。都市人傑克・凱魯亞克[1]與蓋瑞・斯耐德[2]在山上體驗了一次難忘的健行。他跟著水壩的痕跡走。「當我獨自跟隨著水壩的痕跡下坡，我從來沒有像此刻那麼開心過；當我們背著背包要離開時，我回頭往後看，尋找著我心愛的水壩，但是天色已暗，我什麼也看不到。」

有時候美讓人窒息，因為美不只是美，而是一股無法言語的力量，一泓充滿自我意識的清泉。一剎那間生命達到一個無可比擬、令人屏息的激烈程度。文字消退的同時，心神化為一股激烈的情緒。在結束一天的辛勞之際，彼得・馬修森凝望著山峰的線條，記錄了這麼一刻：「沉浸在山上的冷空氣中，不久我的思緒逐漸清晰，整個人也跟著輕鬆許多。風吹，草擺動，太陽，接近死亡的芒草，飛往南邊的鳥叫聲，都不比巨石更為無常；不多也不少：萬物平等。山嶺消失在寂靜中，我的肉體在陽光下化為烏有，落下的淚水不再與『我』有任何關連。為何流淚？我不在乎。」突然，另一個世界顯現，暫時開啟一道嶄新境界的入口，似乎比現實來得更真實。美，或者受它吸引而沉醉於其中的感受，讓我們從一個地方逃到另一個，行走每個地方時感官敏銳地去感受，或者讓它能夠烙印，留下更持久的痕跡。

我記得有一次感受到了片刻的恩典，還是在格蘭德島、里約熱內盧與聖保羅之間，一座沒有車、不坐船無法到達的島嶼。那一天，我們漫步在一條介於海邊與森林之間的小徑上。光輝燦爛地照射在海面上，綠與藍之間的漸層變化無窮，七零八散的岩石與島嶼，像是神明漫不經心的傑作。小船行走在這美得如夢似幻的空間裡。小徑的另外一邊大西洋的森林攀爬著一座山陵。有時尖銳的猴子吼叫聲迴盪著、劃破寂靜

① 傑克・凱盧亞克（Jack Kerouac 1922-1969）：美國小說家、作家、藝術家與詩人。
② 蓋瑞・斯耐德（Gary Snyder）：美國詩人、隨筆作家和演說家。

的空間。在這平靜的天堂裡，捲尾猴出現了。牠們跳上懸崖邊上的樹，像極惡靈精心準備的歡迎儀式。牠們跟隨我們好幾公尺後便消失在叢林裡。然而幾年後在同一個地方我們看到的是一幕荒涼的慘狀。一場黃熱病病毒的肆虐扼殺大量的猴子。其他的猴子則是死在害怕傳染病蔓延的居民手下。一場無情的火將牠們趕盡殺絕。散步時，路途中不見猴子的蹤影，樹木燒毀的痕跡為牠們留下殘暴受害的證據。沒有人能夠殺害存留在我們腦海裡的猴子，或抹去牠們那時耀眼的光芒。

步行中我們得到的實在難以言喻，語言無法充分描繪映入眼簾的光彩，或在長途步行後到達的地方或旅途中停留的地方，確實感受到歡迎時的感受溢於言表。「價值與收穫愈大愈難感受到，甚至還會輕易懷疑它是否存在，不久就把它忘了。它是最崇高的現實。也許最令人不可思議與真實的事實從未被人們傳達過。我日常生活中真正的收穫大概有如早晚的光彩一樣觸碰不到且無法形容。我抓著的是一點星塵，一截彩虹。」（引自梭羅《湖濱散記》）感動經常是短暫的，私密的，難以分享。

行走經常是一種繞路，為了重新回憶已消失不見或無法一起流浪的親友。把流浪的念頭訴諸行動，從即時的煩惱中解放出來，行走時，逝世的親友或想來卻來不了的親友的回憶再度浮現於腦海裡。席爾凡・戴松將他母親重新帶回世界上，一起走踏在鮮少人走過的小徑。她在他身邊就跟小時候一樣，然而他才剛走出漫長的悲痛而已。「她的回憶伴隨著我，從湧出的思緒中生出了一個幻影：為何如此無足輕重的情景，如風中搖晃的樹枝、山脊的圖畫能喚出死去之人的回憶？」在這路上感受到這愉悅的脆弱感，帶回記憶中的手勢、微笑、以往珍貴現在卻已不在的臉龐。漫步中重新回味過往，為自己的旅途做個小結，回想在人生不同階段中陪我們走過的人。世界之美的感觸也會引起我們想分享的慾望，分享特定的時光，然後問問他們的看法。因深情的思念，突然間他們也現身一起凝視著。回憶彈跳在景色中，撞擊出不同的意義。「我們站在一個大湖前，其名恐怕只有地理學家才知道，群山環繞，然而在這邊我們回到了那遙遠的過去。我們在回憶中做著夢。我們做夢回憶。」加斯東・巴舍拉寫道。

風景栩栩如生

「我認為為了盡興地享受大自然的林林總總，與未知、陌生環境、突發情況或無能為力進行一場有意識、深思熟慮的抗爭，可獲得一種神祕誘人，既難以獲得卻又無窮的成就感，它可用來替代，甚至填補愛與信仰的不足。」

——庫伯・波伊斯《老化的藝術》

（Cowper Powys 1872-1963 英國哲學家、講師、小說家、評論家和詩人）

步行者所珍藏的幸運時光、片刻的恩惠，此感受仍然鮮明扣人心弦。走到某些地方像跨越了一條隱形界線，把世間遺留原地踏進另一個時空。走著走著感官、對環境的注意力漸漸敏感，與空間融合為一的感覺，既神祕又具體的存在感使步行者感到震撼。有些場域則釋放出令人熟悉的感覺。隔閡全消失。我們不再只是站在風景前，而是與它融合為一，感官也都保持警惕。大自然會在內心停留好一段時間。有些風景則是如此堅持呈現，讓人不禁懷疑此處的精靈是否想獻出讓人印象深刻的一面，以留給旅人最美好的回憶。我經常有這種感覺，一種出自需求出現在此時此地，彷彿就只有在天時地利人和之時，這美妙的光芒與從未見過的絕景才會出現。

我們在這裡等待著，無法找到適當的言語來形容此刻的感觸，也無法理解此呼喚從何而來。彷彿一道來自於外太空開口的光偶然照射在這個世上。「我們在山裡，山經由每個毛細孔進入了我們的體內，深入每一條神經，於是我們的身體變得透明，像玻璃瓶將它圍繞，它彷彿變成身體的一部分，與空氣、樹、流水、岩石在——波波的陽光裡震動著——化為自然的一部分，不再關乎年老或年輕、健康或生病，而是成為永恆」（引自繆爾《我的山間初夏》）。我們已不存在這世界，卻忽地讓世界鮮活起來。由於受到環境的影響，美、感恩之情油然而生，讓我們覺得與環境結合在一起。有時花上一輩子尋找這種感覺，像尋覓祕密寶藏，而我們樂此不疲一再重訪那些吸引過我們的地方。雅克琳娜・德・羅米莉寫道：「七十歲時回想艾克斯附近聖維克多山的路徑時，我心中重拾那份與三十歲時相同的喜悅，彷彿一連串的造訪疊在一起形成一剎那的永恆。難道是山本身，如此遙遠又明亮的它給了我這樣的感覺？每一天不論是否有人觀看，它總是努力展現美景，幾百年以前亦如此，即便我消失許久後它仍然照舊，這令我感動不已。」

藉由在廣大的空間步行與心中浩瀚的宇宙融為一體。邊界消失，腳步將我們帶進其他場域裡。萊納・瑪利亞・里爾克①在信裡提到，「此一永無止境的孤獨讓每一天形成一個人生，此一與宇宙、空間的交流，用一個字句息息相通，這個看不見的空間

---

① 萊納・瑪利亞・里爾克（Rainer Maria Rilke 1875-1926）：德語詩人。

卻是人能夠居住其中，被無數的存在所圍繞。」

有些人認為環境有不為人知的生命，他們仔細傾聽著那個幾乎不存在他們世界的呼吸聲。步行者經常體會這種感觸，他們在不同的程度上重現這些古老的直覺。美洲印第安人拉科塔族的酋長站立熊回憶道，「族人們與大地有親密的接觸，他們喜歡赤腳行走在神聖的土地上；他們在這塊土地上搭起梯皮（tipi），設立了祭壇。飛在天空中的鳥停留在此，然後大地回春，萬物欣欣向榮。土壤孕育、強健、淨化、療癒生命。這就是為什麼長老們珍惜土壤，無法與生命泉源分離。藉由坐著或躺著他們能更深層地思考，更能感受到生命力。他們清楚地思考著探究生命奧祕，與萬物更為親近。」（引自泰瑞莎・卡羅琳・麥克魯漢①《赤腳在聖地》）說到腳底板（plante des pieds），便會不自覺想到人類落地生根。除此之外在很長的一段時間，人們藉由人體來測量空間，因此在社會裡人類從未與世界脫離。以前會說大拇指／趾（pouce英寸）、腳（pied英尺）、手臂（brassée單或雙臂可抱之量）、手肘（coudée腕尺）、土瓦茲（toise長度、容積、面積）。身體依然還是來自宇宙的回音。

對於印第安人而言，土地不只是領域，還是萬物之靈。對此許多步行者也能感同身受，他們重新與萬物的基本元素連結。奇里卡瓦族的傳統裡，在孩子誕生之時，一名女子將產下嬰孩的孕婦身上所使用的布或包巾，掛在喬木或灌木的樹枝上。這棵樹將在每個春天重生、茁壯並重新生長，如此象徵人類永不止歇的生命力。產婆為樹祈福道：「希望這孩子活下來，平安長大，能多看你幾次開花結果。」傑羅尼莫[②]撰寫回憶錄時，回憶起族人被迫離開家鄉住進保留區流放的痛苦。在他眼中的烏森大神靈創造出一個美麗又必要的世界：「一切就這麼開始：阿帕契族人與他們的領土，每個都由烏森親自一一創造出來。當他們被趕出家園，他們便衰弱凋零，接著死去。得花多少時間，讓世上不再有阿帕契人呢？」

有大量的記述是有關美洲印第安人的地理，其透過詳略的歷史將地點加以概述。人類學家基思・巴索[③]曾與阿帕契族一同生活在亞利桑那州南部的錫貝丘（陡峭紅色懸

---

① 泰瑞莎・卡羅琳・麥克魯漢（Teresa Carolyn McLuhan）：人類學家、作家、電影製作人。

② 傑羅尼莫（Geronimo 1829-1909）：阿帕契族貝當可黑（Bedonkohe）部落的一名傑出領袖和巫醫，也是一名傳奇戰士。

③ 基思・巴索（Keith Basso 1940-2013）：美國文化和語言人類學家。

崖的山谷），在此部落收集了將近六百個地方名稱，與等量描寫其特色的記敘。他們對於視覺上的描寫是如此地精準：放在盆裡的水與泥土、杜松獨自站立著、並排的綠色岩石掉進水裡……某日與兩名阿帕契牛仔搬運柵欄時，聽到其中一位吟誦著地方名稱的禱詞長達十幾分鐘。巴索詢問禱詞的含義。該名男子表示只是出自於喜好，因為「我在心靈世界中旅行」。對於還記得的人，名稱是有生命的。這些名稱持續產生聽覺上的共鳴，觸動這些一把它們唸出來便立刻沉浸其中的人。即便遙遠，它們卻能再次讓你感受到這些場域。阿帕契人說故事時，不把地點交代清楚的話，這個故事無以為繼。故事的生動取決於其發生的環境。聽眾也根據地理位置聽取故事重要情節。除此之外，一群人在自己的土地上扎根，這份浸透，是在正義面前，為了保護阿帕契人的土地，特別是取得水源途徑的主要論據。即便遙遠，地域一直都是有生命的，陪伴人類行走，與他們產生共鳴。一名男子對巴索說：「即便搬到很遠的大城市去生活，這邊的土地會隨著你的足跡跟著你。如果不服從原則過生活，你將聽到這些名字，然後看這些地獄顯現在眼前。即便要跨越海洋，它們還是跟著你。這些地獄的名字是善良的，他們警惕著你如何過活，這樣一來你就會想要回到屬於你的地方。」對於某些人而言有些地方很重要，是重建自我的源頭。即便地理上距離遙遠，它們永遠在腦海裡。步行者可以躲避到腦海中的源頭、內心的避難所。我有幾個備用地，經常召喚它們出來。另一名男子某天對巴索說：「有些地方充滿智慧。它就像不會蒸發的水。我們需要水才能過活不是嗎？同樣的道理，我們需要這些地方來止渴。我們必須記住所有有關它們的事；必須回憶起以前在此發生的事；不能停止想著它。如此一來靈魂才會平息，寧靜下來。我們才能事先看到即將到來的危險。」風景需要人才能存在，否則它們會太過無趣，若不再有人經過，讓風景重新展現於世，其力量將會消失，殆亡。

在北美洲，對於原住民而言，擁有能力與深遠歷史的土地不計其數。這些是神明與人類相遇的地方，大地與基本元素也跟著轉化為能量。人類不單活在一個當前的現實層面，一個他們只參與到自我的社會表層，對於美洲印第安人而言，此層面不停地與其他層面交錯著。平行世界有時會受到日常活動干擾。對他們而言，沙漠、岩石、石頭、清泉、溪流、湖、森林、山陵、動物、風，不僅表面所呈現的樣貌而已，還具有靈魂絕不惡意對待，且需贏得它們的保護，具有靈性的它們影響著附近的人類。這些地方富有許多傳說色彩，是大地的記憶。在某個時間點這兩個平行世界曾經交錯過，人類當時感受到了一種超然的存在。然而，當再也沒有人記得這些事、繼續活化它的能量，它就會像沒有樹根燃燒的火一樣熄滅。特別在十九世紀時，美洲印第安人大量地被趕出自己的土地，安置在保留區，而長久以來因附近的人類或能感受且相信其能量的人而存在的地方記憶與能源，也跟著煙消雲散。

「大地的表面具有生命」此概念在地球上或當代諸多趨勢中具有普遍性，即便對我們這個只會冷酷剝削的社會幾乎不具意義。對於澳洲的原住民而言，風景是他們的祖先在移動時塑造出來的。夢幻時光（temps du Rêve），亦即世界開創時期，沉睡在土地下偉大的祖靈們甦醒了，並且塑造形形色色的生命。「每個沐浴在陽光裡的祖靈踏出左腳，命名一樣東西。再踏出右腳，命名另一樣東西。祂命名了水源地、玫瑰樹、橄膠樹……為四面八方的萬物取名，給予生命並將他們的名字編入詩歌中。祖靈在吟唱中為世界裡開出了一條路。祂們唱出河流、山嶺、鹹水湖、沙丘。」（引自布魯斯・查特文①《歌之版圖》）。由是，在外表變化的節奏中，世界隨著音樂與吟唱慢慢呈現出我們所認識的樣貌。風景中還留下這些插曲的痕跡：赤鐵礦床就是古時戰鬥流血的痕跡，水源地則是眼淚的遺跡等等。地球表面宛如人類的皮膚，也會留下傷痕。原住民都知道來自世界之初，由祖先世代傳承下來的聲音圖卡（cartes sonores）。吟詠之歌詳細地描述數不清的景色，敘說著創世的種種事件，標誌著所有的歷程。布魯斯・查特文表示：「理論上，整個澳洲可被當成樂譜來閱讀，在這個國家裡幾乎沒有一塊岩石或一條河流，不能或還沒被歌頌過。」人們因此追隨「路徑之歌」，開始旅行，跟在祖先的腳步後，並在旅途中重新創造世界。

在日本人的宇宙觀裡，人被包含在大自然裡面，只是其中一個組成元素，從未被賦予主導的位置。神明存在於岩石、瀑布、大樹、異常的風景當中等。富士山即是最鮮明的例子。世界並非靜態，它只是以它的方式呼吸、觀看、聆聽、感覺，而且會在旅人經過時甦醒。在此泛靈論的信仰中，人的課業是不擾亂宇宙秩序，與大自然和睦相處。安地斯神話故事也把土地當成一個生命體，河流為血管，草木為頭髮等，夾在神明與死亡之間的地方就在土地底下。我們的社會以前對於古代會動的植物世界並不

---

① 布魯斯・查特文（Bruce Chatwin 1940-1989）：英格蘭旅遊作家、小說家和記者。

陌生，例如會說話的樹，在中古世紀流傳的故事中不勝枚舉。或者隨著時間流逝愈變愈奇怪的慣用譬喻也可佐證：樹腳或山腳、河口或奔流、山丘頂、腹地。

美國西部是歷經長時間的未知地，在此來回踱步的「林中嬉遊者」沉浸在自由、獨立且對抗的荒野中。拋開文明，他們與當地的原住民和睦相處。從這個時期開始，美國一直被兩股勢力切割，一邊是渴望融入這純潔、野生、充滿田園詩意的大自然，這個只有勇氣與孤獨能加以限制的個人主權空間；另一邊則是意圖開發、破壞、盡可能讓大自然吐出所有的資源。強・克拉庫爾[1]在《阿拉斯加之死》裡描寫主角克里斯多福・麥克肯多斯，這名年輕人與社會決裂。他受到啟發，決定動身至人汙染最低的地方來淨化自己。他行走並不是為了發現，而是為了拋棄自我、去除社會身分，其手段太激烈且毫無彈性空間因而導致死亡。有別於未能及時喊停而亡的克里斯多福，梭羅也是出於相同渴望，脫離沉重的社會連結，他待在社會可觸及的近郊：「我在世界的邊緣過著一種邊境生活。」他徹底了解無法完全脫離文明世界。在他的《日記》裡，他寫道：「哪裡找得到一條迂迴、貧瘠、人跡罕至的古道，引導我遠離城市、慾望，越過地球的地殼，到地球之外？一條讓人忘記身在何處的路徑；這裡沒有農人抱怨你踏在他的土地上；也沒有人來把他的房產蓋在你腳下的土地上。」梭羅則對樹木、植物、其食用性、習俗、衣著、動物都抱持興趣。

在笛卡兒「成為大自然的主人與老師」這句下令般的口號延伸之下，我們的社會裡，自然、樹木、動物都與人類明顯地區別開來，進而導致過度開發，大自然轉變成物質資源、實用性的物品，超越物質的精神性、靈性蕩然無存。在城市裡我們從未感受到身體與都市環境有任何連結性。除了當天氣太熱或下雨造成不方便之外，我們鮮少在意環境，特別在城市裡，天空與黑夜被人工燈光吞噬，土地與樹木淪落為城市的裝飾。在都市化所設計出來的新世界裡，自然扮演一個膚淺虛假的角色。步行者重新感受到身心參與、沉浸於環境的時間是特別的。步行在路徑上，除了能重新與聖性連結，還能感受到自己只是這浩瀚美麗的世界裡的一個生物而已。在星空下入睡、迎接黎明的到來，或看著黑夜吞噬餘光，不可能讓我們無動於衷。在一片被松樹團團圍住，友善的林間空地之中過夜，史蒂文生感動到在草地上留下數個硬幣。

①強·克拉庫爾（Jon Krakauer）：美國作家和登山家。

許多步行者對於可以與活生生的自然產生連結感到榮幸。克勞德・李維史陀①表示：「站在這裡的風景似乎有生命。它並沒有被動地被我凝視著，像凝視一幅靜態、毫無交流的畫，雖然保持著距離，但各個細節能夠被我捕捉到，反而還邀請我與它進行一場深層對話，彼此都得竭盡心思，拿出最好的一面來應對。」步行者找回了與用前現代加以區隔的世界。

所有的風景就像一張可複寫的羊皮紙，許多大自然的動作，與人類對它做的所作所為都留下具體的痕跡。暴風雨、火山爆發、洪水、大火、動物的活動使它不停地改變樣貌。它壓縮著無數層的歷史。自數百萬年以來，它代表生生不息、永無止境的時間。「在同一個地方，它以前曾是草皮、松柏樹林、又是山毛櫸樹和榆樹。它曾是河床的一部分，被大冰塊整治過留下痕跡。然後人們在上面開墾種植、鋪路、整理、劃分、分類、建造。每個階段持續不久，最終也只在羊皮紙上留下幾條線而已。」（引自蓋瑞・斯耐德《禪定荒野》）有時我們步行在一片曾經有古老海洋覆蓋過的路面上，但我們卻不記得。「這條模糊不清、微弱的線條，這些無法清楚分辨其形態與物質的碎石見證了，今天我看到的不毛之地曾經有兩片汪洋大海接續在此停留過」。（引自克

勞德・李維史陀①《憂鬱的熱帶》）

人類在環境之中活動的痕跡會累積成對於地景的種種影響，我們所知所見的大地、森林、山嶺與草原之樣貌正是在這樣的時間疊加態內形構而成。而一場在戶外發生的徒步健行，其所穿梭經歷的實際上正是這一過程。因此，旅行便同時具有空間的與時間的兩個面向。只不過，空間樣貌的形塑往往耗費數百年、甚至數千年的時間，故而我們通常無法單憑己身便窮盡存在於風景之中的一切維度。每片風景都是透過一些極其細微瑣碎的線索，來向我們訴說其自身誕生過程裡所經歷的種種變化及轉折。保羅・康涅提便曾在心中自忖：「如果沒有人類，那麼在那高處的一切都會不一樣了。在那裡，我們或許不會看到溪溝水渠，也不會看到壯觀的巨木。甚至我會去享受日光浴的那片草地，可能也都還是一片覆蓋著枯枝倒木、岩石上附滿苔蘚的密林，林間更是蔓生著杜松、藍莓等種種根系盤結、枝葉錯雜的灌木叢，讓人難以穿行其間。在阿爾卑斯山上，像那樣的野性風景已不復存，於此我們能夠見證的則是人類在這裡

①克勞德・李維史陀（Claude Lévi-Strauss 1908-2009）：法國著名人類學家。

活動的漫長歷史。」像這樣足以讓複雜多變的地形地貌發生變化的長時間人類活動，其最先鎖定的目標很自然地就是那些最容易開發與利用的土地。而那些在大地上延展開來的道路與小徑，則是從古至今所有的男男女女們在該地區生活與流動的具體遺痕。

時序的不同、心境的差異，這些都會影響人對於風景的感受，因而風景的意義可說是漂浮而流動的。同時，這樣的意義結構具有非常豐富的層次。其中有部分可能只會顯現在一天之中、在某些季節時分，或是在特定氣候條件下的幾個特定時刻，而它們又會引出此種意義結構中的其他層面。此外，天氣的變化會影響空間中的光環境，從而讓人在其中的感受變得更複雜而模糊。因此，天候狀況始終是徒步健行的旅人們最關心的問題。畢竟走在驟雨中、走在烈日下或走在薄霧裡，人的步伐與感受都會有所不同。於是，風景就成了一系列變化的總和：它總是會隨著四季推移、日出日落之間種種自然條件的聚散生滅而流轉不息。在凜冬時節結凍了的堅硬地面、因葉片落盡而顯得空疏的枝條，帶給人的感受肯定不同於盛夏期間潮溼泥濘的道路，以及蒼翠蓊鬱而充滿生命氣息的花草樹木。

同樣地，在每個季節、乃至於每一日中的不同時刻，從黎明到黃昏、從正午到子夜，我們也都能在環境中察覺各種細緻的變化。這樣的差異不只是體現在風景的視覺層次上，同時也存在於聽覺的層次上：不論是蟲鳴、鳥啼、動物的嚎叫，或是風兒吹拂過草地、呼嘯於樹梢的聲音，這些也都構成流動風景的一部分。正月裡，在被霜雪覆蓋的白茫茫大地上，萬籟俱寂；這樣的風景又是多麼不同於八月溽暑時節，在燠熱的空氣中兀自躁動的草木生靈。在日月輪替與季節流轉中，空氣中飄散的氣味也會因為青草、鮮花、雨後的泥土地，或是曝曬在彷彿永不墜跌的熾陽下的樅樹等而時刻不同。即便是我們的觸覺，也都受到環境的具體影響：晴雨、冷熱、霧霾等天氣變化，都會給皮膚帶來相異的感受，我們也會因此而選擇不同的衣著來加以應對。

人對於空間的體驗方式有著高度的歧異性。就算是同一個場域，我們可能每天使用它的方式都不相同，其間並不存在一種共通性的判準。舉例來說，一個徒步旅行者來到湖泊或是蓄水池邊時，他有可能會想跳進去洗個澡，也有可能不想；在道路上，他可能有時會想要走得更快一些，而有時則是更慢一些；而面對一片如茵的草地，他可能會想要懶洋洋地躺下打個盹，也有可能會想要從背包中拿出午餐來就地享用。環境的存在並不是一種絕對不變的客觀事實，而是某種會隨著每一個徒步者各不相同的印象及感受而產生差異的情境。例如對於一個包裹著大衣的旅人，與另一個在風和日暖的天氣裡穿著輕便衣物的旅人相較，他們對於環境的經驗與體會就會非常不同。梭羅也用自己的方式來指出類似的論點：「如果就一個人在半徑十哩的範圍內，也就是在一個下午的時間內可以散步往來的距離，所能遇見的景色，以及其在七十年的人生裡所能看到的光景稍加比較，會發現兩者之間實際上存在著某種一致性：他永遠不會對眼前出現的風景感到熟稔。」我們在人生中所經歷的每一趟旅程都具有無窮的可能性。隨著時間的流動，每一天的我們與前一日的自己都不再相同；而我們周遭的環境同樣會在季節的遞嬗與天候的更迭裡變化不已。

一處場所、一處空間所具備的力量會強化人想要沉浸於其中的慾望。在這種狀況下，處於其間的人不再只是一個旁觀者，而是真正地涉入該環境之中，並且以己身一切的感受來體會它。此時，風景不是落在你眼前的某個與你對立的具體事物，它是包圍著你、滲透了你的一種抽象存有。這種存有並非僅是一種視覺上的表象。雖然我們總是習慣性地偏好以事物的具體外觀來建構自身對世界的認知，但風景並不是以視覺作為它唯一的成立基礎。雖然風景總是與某個確切、獨特的場域存在連結，但它同時也是一種氛圍、一種在我們的感受系統中發散與漫射的光暈，而絕不單純只是一種映照在視網膜上的形象。它可以同時使人感受到沉重與輕盈、混濁與通透。即便我們多少能夠嘗試用言語來描述，它依然是難以被定義的。我們可以說，構成風景的並不僅是實存於現象界的種種物質，其所體現的是一種與更為廣袤世界整體之間的關係。在這層意義上，風景的形構也涉及到風雨、霜雪等氣候條件，以及在晨昏之間不停重新為日子賦予定義的時間循環。其尺度與判準存在於一切自然的規律、法則之中，不論是永不缺席的每一個白晝，或是在宇宙中結晶凝聚而成的每一種物質乃至天體，它們都擁有同等的意義。

此外，在風景的認知路徑之中同樣也包括了觸覺性的成分。這種可觸知感會透過日光下灑落的樹蔭，或是平原、丘陵上拔地而起的城鎮而傳遞到體驗者的感受中。因此，風景其實就像是一種層層套疊的多色網版，或更確切地說——它就像是某種能表現出深度的結構，讓視覺、聽覺、觸覺、嗅覺等感官作用能夠在其中互相交融、彼此疊加。這也意味著風景的形成建立在我們的雙足或身體與土地、岩石、風、不同的氣溫等環境要素的接觸之上。因此，風景即是一種「體感」。「大海、原野、寂靜、土地的芬芳，我的身軀被香氣滿溢的生命所充填，我將世界的這顆金色果實一口咬下，感受到鮮甜濃郁的汁液順著我的唇邊流淌，這讓我不禁情緒澎湃。不，我並不算什麼，這世界也不算什麼，重要的唯有存在與我和世界之間的那和諧與靜默，而那正是讓愛誕生之處。」（引自卡繆《婚禮》）

風景所指涉的並不僅僅是擁有物質性實體的事物，而是同時包含了那些沒有形體、亦無實質的無量空處，也就是存在於一個人的目光及其眼前的大千世界之間的那片空間。若少了從天空投射下來的光，那麼這地球上的一切事物都將難以被觀測、察覺，而這光源的變化也會不停地改變我們對世界的感知。「在十一月的某日，」梭羅寫道，「我們見證了一場令人印象深刻的日落景致。我走在一片草原上，那裡是一條小溪的源頭之處。而就在陰鬱、寒冷的白晝時光即將結束之前，西沉的懸日落到了地平線上一個不受遮蔽、清晰無比的高度。此刻，一道柔和明亮堪比晨光的殘陽灑落在乾草上，照耀在另一側地平線的樹梢上，也映射在遍生於山坡上的冬青櫟樹葉上……我們行走在這片將天地之間所有草木和乾枯的樹葉都鍍上了黃金色澤的純淨、通透光芒裡。我想我從來沒有沐浴在如此和煦、如此寧靜的一片黃金之海中的經驗。在那之中，既沒有嘈雜的低語，也沒有擾人的波瀾。」一處空間或地域所能夠誘發的情緒反應，其程度與樣態取決於一種細緻而漸進的變化過程。在這個過程裡，物質的、有形的要素與那些非物質的、無形的要素具有同等的重要性。當亨利・米勒漫步於希臘的土地上，他如此寫道：「在這裡，閃耀灼人的日光能夠直接照進一個人的靈魂，並且使他心靈的門窗得以敞開，讓人暫時脫離現實生活的一切，並且暴露、沉浸在一種純粹精神上的幸福喜樂之中，而這光芒在不知不覺間就照亮了他內在的一切事物……在希臘，我們會發自內心地想要被這片天空所包圍籠罩。我們也會想要爽快地脫掉衣服、縱身跳入那片泛著無邊無際深藍的大海之中……在這裡，天空與大地和諧地融為了一體。」一片風景因此是由雨、由風、由陽光、由寒氣與霜雪，由日夜之間流轉的一切要素所構成。由於這一切要素的組合與交互作用從不止息，因此風景的構造也就處於永恆的變動狀態中。其樣態則由那些非物質性的與物質性的要素所共同決定。在這樣的空間裡，人除了自己的腳步與呼吸之外，不該留下任何其他的痕跡。

因此，我們可以說不論是道路本身或是路上的風景，皆是由旅人所投射的視線所定義。對一位樵夫來說，面對路旁綿延的樹林，他心中或許會默默記下樹種、估量它們作為木材的質地如何，並且思考接下來必須完成的工作；如果在這路上的是一個孩童，那麼這樣的空間也許看起來就像是一座遊樂場，茂盛的樹林與草叢正好可讓他在其中奔跑與躲藏；當一名逃亡者行經同樣的地方，其注意力會集中在尋找周邊植物生長最為茂盛而隱蔽之處，以覓得合適的藏身地點；來者若是鳥類學家，那麼他對於周邊鳥類鳴叫聲的關注一般會遠高於對附近環境探索的興趣，但如果那一帶恰巧是其目標觀測物種的可能棲息地，那麼狀況或許就會有所不同。同樣的一條路，實際上卻能體現出層層疊疊的多元視角，以及各種相異立場賦予它的不同詮釋和想像。一個從海上看向陸地的水手與一個在湖畔垂釣的漁人眼中所見的道路絕對是大相逕庭。同樣地，在《小拇指》與食人魔的眼中、在牧民與農人的眼中、在健行者與獵人的眼中、在自行車手與機車騎士的眼中，或在嘗試尋找隱密地點的熱戀情侶、依舊淘氣的孩子與漫行在自己回憶之中但行動力已大不如前的長輩的眼中，他們每一個人所見到的道路都會呈現出非常大的差異。當然，隨著性別的不同、觀察和體驗的時間不同，人對於一條道路的印象與感受也會非常不一樣。即使是在同一個人眼中的同一條路，兒時所見的風景與他成年之後、乃至衰老之後所看到的可能也不盡相同。因此，路途中風景並不是一種絕對而單一的存在，同樣的一處空間實際上可以生產出無限多的風景複本。但當討論的重點僅僅落在視覺面向時，實際上是忽略了人並非只透過觀看來認知這個世界，我們也會聆聽它、嗅聞它、碰觸它，並且品嘗它。不論是在何時，我們的感官系統從環境中所擷取、捕捉到的一切資訊都是彼此交纏、互相連結的。對於森林中的每次聲響、每種氣味、每條河流、每個湖泊之關注，乃至於摘採野生水果或是蕈菇的行動，都涉及到每一名徒步旅行者內在深處所懷抱的各自不同的熱情……看似唯一的這個世界，因而實際上乃是由千千萬萬個不同的世界所堆疊組合而成，這樣的結構體現出一種無論任何思想，即使是人間最深刻而細膩的思想，都無法將之窮盡的特性。當中所實存的並非物質性的存在，而是彼此不同、大異其趣的個人觀點。這些觀點又是每一個生產了它們的主體參與到某種「投射測驗」之中所得到的結果。就年輕的馬塞爾・普魯斯特來說，如果一群人共同存在於一個空間之中，那麼他們當中的每一個人都可能擁有兩條象徵性的移動路線：一條是位在梅賽格里斯這一側，走在這裡的人們總是行色匆匆；另一條則位於蓋赫芒特那一側，該處更適合那些信步悠遊、任思緒天馬行空的人。

因此，對於徒步者來說，地理作為一種知識的體系與對象，其本質實際上是非常感性的。在一日之內，隨著他持續運作的思考與不停前進的腳步，種種情緒也會因之接踵而來：從晨間的愜意，到經歷幾個小時路程之後所獲得的某種平靜，再轉為因為發現當日第一個階段性目標即將達成而湧生的狂喜等等。此外，一個多山而遍地岩石之處，一個山脊高聳入雲、海濱大浪拍岸之處，或是一個草原、沙漠無盡延展之處，這些獨特而極端的地理條件都會影響、甚而改變徒步旅行者內在的心理與精神狀態。就此而言，空間絕非僅僅是一種地理學上的概念而已。當一名旅人走遍各地，不論是行經溪流、翻過丘陵、登上山頂、穿越平原，或是來到湖濱與海岸，這些地理環境所表現出的不同特性與條件都會與其內在的感受性持續互動，而他自身也會在此過程中不知不覺地發生轉變。有時，他浪遊的足跡也會來到荒廢的房屋與農場、必須小心翼翼探索的城堡殘跡，或是穿過飽受風吹日曬、遭到遺棄的村鎮。在該處，古代民居的殘跡四散、崩塌的城牆則已風化得形跡難辨，與岩石、土地融為一體。穿越其間，我們能揣想過往居住於斯的男男女女可能的生活情景，想像新生命在此誕生、想像年長者在此逝去。這些住民或許終其一生都不曾越過包圍著他們村莊的群山，到那稜線的另一側去一探究竟。然而，他們曾經生存的這一方天地卻仍對外面廣闊的世界保持著開放的姿態。如今，這些曾經真實存在的人群活動、生存痕跡，已在經年累月的日曬雨淋之下變得頹敗不堪。四處蔓生的草木、隨著金屬氧化而浮現的銅綠，則把人類文明所創造之物質成果轉化為提醒我們「人終有一死」的一則隱喻。喚起此種感受的目的並不是要讓我們哀嘆生命與存有的脆弱，而是為了要將其轉變為促使我們更加珍惜當下、盡情體驗人生的正面力量。在意識到美與生命中每一個瞬間都是如此脆弱的同時，此種體會也能幫助我們尋回生活的實感，而這也是巴魯赫・史賓諾莎[1]十分珍視的一種感受。於是，當旅人徒步漫行於此，他便是走在流逝的時間與其所誘發的脆弱性感受之最核心處，但這種體驗卻能讓他感受到生命之美好。即便是一個長時間待在家鄉、甚少到外地遊歷探險的人，也同樣能夠捕捉到此種稍縱即逝一如白駒過隙般的存有本質。作為飄零於時間洪流中的游牧者，我們的生命並非被賦予、僅屬於我們自

① 巴魯赫・史賓諾莎（Baruch de Spinoza 1632-1677）：西方近代哲學史重要的理性主義者。

身，而是借用而來的，並且是整個世界整體的一部分。

沙漠，則是在這世界中開啟了另外一個特殊的空間維度。不論是孤寂、自我淨化，或是靜默，這些感受都能夠在沙漠之中獲得滋養。像這樣一個如此孤絕而獨特的所在，正宜於讓徒步的旅人靜下心來重新反思生命，並且反身面對真實的自我。當我們行走在沙漠之中，即便身旁有人作伴，那樣的環境條件仍會讓我們的內心感受到無可避免的孤獨。此種從環境中得來的感受性也正能與個體追求自我審視的意圖和行動發生共鳴。身處於滾滾黃沙之中，面對著天高地闊、無邊無際的風景，會讓人感到自己的渺小與微不足道。當行走於毒辣灼身的烈日之下，頂著無情吹拂的狂風，承受著夜裡極端的酷寒，人在其中會感受到一種瀰漫於周身的永恆性，並且深刻體認到自己的脆弱。這樣的經驗會使人變得更為謙卑。在這樣極端的環境中，旅人時時刻刻都面臨著脫水造成的口渴，有時伴隨著些許的飢餓，並且總是急於尋找能夠讓自己暫時擺脫烈日荼毒的陰涼之處。浩瀚無垠的長空若有重量，那麼它肯定與廣袤無邊的旱地分量相等，而行腳於沙漠中的旅人肩上所背負的，則是二者的總和。經由感受這些肉體上的困頓與不適，那些存在於我們日常生活中、看似無足輕重的小事也突然變得可貴了起來：口渴時就喝水、飢餓時就進食，想要遠離烈日就找個樹蔭乘涼，想要躲避暑氣就跳進河裡或潛入湖中戲水。然而，對於一個在沙漠之中的人來說，這些平日裡顯得再自然不過的小確幸都變得可望而不可即。他向四方投射的視線，最後總會在強烈的日照與無盡的反光之中回歸到自己的身上。那裡沒有道路、沒有人蹤，有的只是一些經年累月形成的獸徑。至於那些穿越沙漠的過客，他們的足跡則從來沒有機會被留下。綿延無盡的沙丘有著屬於自己的起伏與流動，一如江湖河海，步行於其中於是也就成了一趟航行。沙漠像是一面威力無比的鏡子，透過它的作用，人得以深入探索自身的恐懼，或者重新尋回生命的意義。在沙漠裡，我們踏出的每一步都像是徒勞，就好像空間本身的意義都已喪失。當我們不斷前行，經歷數個小時之後卻依然像是停在原地，這時候不論時間或地點，對於我們的感知體系都不再重要，困住我們的是一個窮盡任何已知的語言都無法描述或形容的冷酷異境。再狂暴的風沙也有止息的時刻，正如旅人已然耗盡的體力與精神。在艱難行進之間，他或許會自問這趟旅程是否真有一日會抵達終點，向著遠在天邊的地平線而行是否有可能從此不再是他唯一的命運。

一趟沙漠之行，對於事前準備不足或是未能謹慎以對的人來說，往往會是一場極具魔力但也非常令人畏懼的生命插曲。「我們前往沙漠之中，不是為了尋找自我的認同，」埃德蒙・雅貝斯①寫道，「而是為了捨棄它，為了拋開那些將自我標誌出來的個人特質，成為一個在天地之間無足輕重的匿名者……接著，神奇的事情發生了：我們將會聽見從寂靜之中傳來的低語。」事實上，這種寂靜是可以被具體感知的，它就浸透在我們的軀體之中，並且帶著幾分超自然的性質。我們試圖說出的每一句話、發出的每一聲呼喊，都會被其吞沒。另外，在變動不居的黃沙之上，我們永遠無法建立起任何經久不變的事物。「因此，在人稱『沙漠中的沙漠』的泰內雷沙漠裡，那土地即使經歷了一整天的行走踩踏，它的表面依然均勻而平坦，其狀態看起來與前一日或隔一日都不會有什麼差別。遠方的地平線始終保持一個完美的弧形，除了偶爾形成的海市蜃樓之外，那裡什麼也沒有、什麼也不會出現。對於欠缺強大精神力量的人來說，這裡是個最好不要輕易造訪的地方。」（引自皮爾・吉魯瓦爾②《在沙漠中漫遊》）

此外，為了避免身體脫水，人在沙漠中也必須不停地補充水分。博納・奧利維爾曾描述他在伊朗的卡維爾鹽漠中的經歷：「在夜間，我會喝上十公升的水，卻整晚都沒有任何尿意。」但在那天的白天，他已在高溫與疲憊的狀態下行走了四十多公里的路程。

如果說有一些地方蘊含著能夠幫助我們回歸世界的正面力量，那麼也就存在著另外一些會散發出魔性的、甚至有害的負面能量之處，雖然這樣的例子極少。這樣的空間就像是散發出悲傷氣息的網羅，往往會讓人想要盡可能快速地離開，以免遭遇到難以想像或不可預知的憾事。在每一個徒步旅行者的回憶之中，肯定都能找到一些讓他們感到被孤立、被排斥，甚至身陷險境的地方，即使他們在那裡未必真正遭遇到什麼具體而有形的威脅，那感受卻仍然十分鮮明。當人類學者愛德華・霍爾[3]於一九三〇年代前往位於美西的亞利桑那州東北部納瓦荷族與霍皮族保留地時，就有這樣的感受。因此，後來他便按照一個地方對外人的接納程度，以及該處與他自身是否存在某種共鳴這兩項判準來區辨、分類這些地點，並在心中形成一個屬於自己的排序方式。在其記憶中，有一個地方曾讓他留下深刻的印象。那是一個位在澳洲的村莊，它以多

① 埃德蒙・雅貝斯（Edmond Jabès 1912-1991）：法國作家、詩人。
② 皮爾・吉魯瓦爾（Pierre Gilloire）：法國旅行作家。
③ 愛德華・霍爾（Edouard T. Hall 1914-2009）：美國人類學家和跨文化研究員。

層疊架的方式建立在一處狹窄又陡峭的山壁之上。在那裡，他感受到了一種十分強烈的精神性。某日，在他迎接三名當地原住民時，這三人卻突如其來地停下腳步，「就好像撞上了一堵無形的牆；他們隨後向我表明，此處讓人感受到一股強大而陌生的精神力量，在沒有做好準備之前，他們並不想貿然與之打交道。」此外，霍爾還想起了另一個讓他感受到全身不自在、充滿悲痛的場所。那是一個被當地曾經經歷的苦難歷史所浸透之處，有可能是一場大屠殺的發生處所，當地的每一塊岩石彷彿都在嘶聲力竭地哭嚎，而這樣的一個場域著實讓他避之唯恐不及。

依據彼得・馬修森的觀察，對圖博人來說，「在他們朝聖路途中所遭遇的種種困難，不論是冰雹、寒風或是不停歇的大雨，皆是惡魔有意為之。其目的在於考驗朝聖者的誠心，並且汰除那些意志不堅之人。」若欠缺強韌心志、無法適應環境，那麼人就不可能取得任何進步。位在圖博西部的岡仁波齊峰向來被周邊民族認為是世界的中心，也是印度教、佛教、耆那教以及薩滿諸信仰中許多神靈的避居之地。珂蘿德・勒文森①與同伴前往這座聖山的路上，嚮導對他們說了一個從前曾經走過這條路線的德國隊伍所遭遇到的種種挫折及失望的故事。由於這個故事使人感到有些困惑，於是他們便詢問嚮導說這個故事的理由。嚮導回道：「有些時候，如果山不想要被人們打擾，它便會發怒。面對前來轉山的朝聖者，山會做出選擇，決定是否要對這些人開啟它那神聖的大門。」珂蘿德的隊伍也同樣在行程中遭遇了惡劣天候的阻撓。最終，她也不得不相信這就是山所做出的抉擇：「即使我們遭遇了最糟糕的那些時刻，但我相信這就是溼婆神的意志，正是祂決定了這一切。對此，我們只能夠選擇接受，唯有如此才能保得諸事平安順利。」

在旅途中，我們的心中總是會不時地浮現出一種不安穩的感受，這樣的感覺有時更是會出現在一些令人意想不到的時刻。舉例來說，當旅人有幸見證天地之間那些舉世無匹、震撼人心的美時，卻反而會感到畏懼，並且開始懷疑自己是否真能配得上這般光輝燦爛的絕美之景。彼得・馬修森曾在圖博的德爾帕觀察當地的高山、岩石、陰鬱的河流與盤旋的大鳥。「然而，就在我用心感受這片大地的過程之中，卻浮現出了某種幾乎讓人無法承受的東西，就像隱約存在於使堅硬的岩石都能夠為之破碎的堅冰

---

① 珂蘿德・勒文森（Claude Levenson 1938-2010）：西藏學家、作家、翻譯和記者。

之中的某種危險氣息。在那個當下，我的理性與智性受到強烈的衝擊震盪，本就刺眼的陽光變得如刀劍般閃耀著危險的光芒。接著，我看見幽暗的溝壑蜿蜒蜷曲於大地之上，那神聖的水晶之山巍然聳立的姿態竟如一座令人驚懼的古堡，恐怖的氛圍彷彿迴盪在整個宇宙之間。」人對於聖性的體驗因而體現出一種矛盾的二重性：在趨近宇宙間之至美的同時所伴隨著的自我解離過程，從來都是與恐懼、與對自我脆弱性的感受密不可分的。

在獨行與結伴之間

「或許我正穿行重山，
在那死寂的山徑上，孤獨如礦石一塊；
深陷群巒之間的我，見不著終點，也看不到遠方：
眼界所及，唯有咫尺。
而近在咫尺者，盡皆頑石。」

——萊納・馬利亞・里爾克《時禱書》第三部

在獨自漫步時，即便只是幾個小時的時間，都會銳化我們對於這世界的感受，並使我們的意識與行動獲得自由。此刻，沒有任何事能阻攔我們心緒的奔馳與浪遊。觀看，就只是單純的觀看，一如時間的流動、思維的運作也都只與它自身有關，無涉其他。因此，一個漫步中的人完全不需要對他人解釋自己的想法與感受，唯一需要知道這些的只有他自己：不管這份意識或情緒讓他選擇走上一條特定的小徑，或是選擇在樹下小睡片刻；選擇大步前行，又或是來場醉醺醺的遊蕩。如果沒有任何來自周邊環境的干擾，像這樣一場不受中斷的自我深層探索會引領我們叩問那些有關自己內在的奧祕，這不但能幫助我們更了解自己，甚至有些時候足以改變我們的人生。

為了追尋極致的內在性，有一部分的步行者相當排斥與他人接觸，並盡可能地避免進行那些他們沒有興趣的對話。像這樣的人往往會傾向於找尋地球上最為人跡罕至之處來進行自己的行程。在作家伊恩・麥克尤恩①的某部小說中，一位音樂家前往位於英國西北部的湖區以尋求靈感和啟發，他最初非常享受這種純粹的孤寂以及徹底遠離世俗煩憂的感受，然而那些令人不快的心情在不久之後就又回頭找上了他，他開始自忖這個地方是否有被過譽之嫌：「說實話，這不過就是一個巨大的、泛著棕褐色調的體操館，而周圍的坡地就如同一連串的樓梯。身處於其中的他，則像是個在雨中練體操的傢伙。」當一趟行腳的原初意義與價值逐漸變得模糊，剩下來的就只會是令人厭煩的、永無止境般的體力勞動。雖然在此種情境下，這位音樂家還是一點一點地找尋到了內心的安寧，然而只要他一發現有其他的人群或隊伍沿著與之相同的路徑逐漸向自己靠近，這種平靜感立刻又被破壞而消失無蹤。「看起來是一群小學生，大概有一百多人吧，他們魚貫而行往湖邊前進。大約花了至少一小時，他們才終於全部通過。一瞬之間，美好的景色都失去了原有的風采，這裡變成了一個被觀光客攻占的普通景點。」

盧梭曾經於一七六二年一月二十六日寫了一封信給德・馬勒澤布②，信中提到他

① 伊恩・麥克尤思（Ian McEwan）：英國小說家、作家。

② 德・馬勒澤布（de Malesherbes 1721-1794）：法國舊制度時期的政治家和大臣。

最害怕的事情，乃是在旭日初昇，一日伊始之際，便要面對往來雜沓的訪客以及隨之而來的那些惱人應酬。因此，他通常會先行一步，遁逃到附近的林野地帶，以主動避開那些可能會讓他感到困擾的人們。如此一來，那些討人厭的會面行程就無法打擾到他了：「即使是在一年中最熱的時候，我也會在下午一點之前出門迎接美好的陽光。我往往因為緊張而走得很急促，生怕在順利脫逃之前就會被什麼人給逮住；但只要能成功繞過某幾個關鍵的轉角，我就會稍微鬆一口氣，並且感覺到終於得救了，同時告訴我自己：『在今天剩下的時間裡，我總算能當回自己生命的主宰者了！』」接著，盧梭興高采烈地陳述了對於能夠有時間好好享受大自然、讓那些因為不得不進行的社交活動所帶來的緊張感得到緩解，是一件多麼令人愉快的事。隨著他的足跡愈走愈遠，盧梭似乎也慢慢從公眾的注意力中消失，而他本身對於這世界的看法也發生了變化：「我攀上岩石和山峰，也潛入谷底與林間，一切都是為了擺脫世人對我的記憶以及種種惡意帶來的傷害。我總覺得只要我身在森林的陰影覆蓋之下，就能獲得彷彿被世界遺忘一般的自由與安寧感，就好像我在世上從來不曾有過敵人一樣；頭頂上的樹葉則必然是在保護著我，讓我不受四方攻訐所傷，這些令人不愉快的記憶也因此變得愈來愈淡、離我愈來愈遠。」

英國評論家與文學家赫茲利特[1]經常把自己描述成一個親和的、善於交際的人，但實際上他非常喜愛獨自一個人外出漫步。他在一八二二年的一段文字是如此描述的：「對我來說，身在人群之中或許比獨處的時候要更為孤獨。我實在不知道該如何在邊走路邊聊天的狀況下，還有辦法兼顧到精神與內在層次的探索。當我前往鄉村地帶，目的就是圖一個悠然安靜的日子，而不是為了要去批判他們簡陋的籬笆或是黑漆漆的牲口。」在他眼中，與人結伴同行就意味著不斷在意識層次進行自我攻防，以及無休無止地對路上所見的一切評論，結果就是無法好好沉浸、享受沿途的景致：「就像是當你聞到了從馬路對面的豆子田中飄散過來的一縷芬芳，但你的旅伴卻是個嗅覺失靈的傢伙；或是當你想要指出一個遠方的東西給旅伴看，而他是個不戴上眼鏡就沒辦法看清楚的近視眼。」於是，即便美景當前，他卻往往陷在沒有意義的爭論之中，或是把所有的注意力都集中在各種有意無意被觸動的往昔宿怨上。威廉・赫茲利

---

① 威廉・赫茲利特（William Hazlitt）：英國散文家、戲劇和文學評論家、畫家、社會評論家和哲學家。

特認為這樣的狀態完全無法讓人得到自由與解放的感受，結果就跟日常生活的狀況沒有什麼不同。「若有這樣的機會與時間，我們應該要把它保留給寂靜與夢想，並且將這段經歷仔細地保存在回憶之中，以作為日後那些令人愉悅的、會心一笑的想法的養分……總的來說，即便我們進行的是一場有品質的對話，把它放在光天化日、美景當前的環境裡，依然是在糟蹋那令人心曠神怡的大自然，不如還是把它留在室內的桌邊吧。」對於威廉赫茲利特而言，漫步這件事情本身的意義與目的就在他自身而不假外求。走路是一個可以好好思索一切的時機，除此之外不論多做些什麼都是徒勞且令人分心的，人也會因此而無法全心全意地感受周遭的景色。這些其他的事情總是有別的場合與時機可以做，舉例來說，如果想要討論農業的未來或是那些從來沒有筆直平整過的奇怪道路，旅館就是一個很合適的地方。一八七五年，也就是羅伯特・史蒂文生騎驢漫遊塞文山脈的三年前，他與一個朋友從巴比松出發，一同前往羅亞爾河畔沙蒂永。但是這兩個旅伴為了擁有各自的清靜與沉思空間，所以之間保持著彼此相隔數公里的距離。兩人都按照自己的韻律前行，也依循自己的方式休息。他們要到晚上才會在旅館碰頭，並且暢聊一日下來的旅途見聞。然而，在他後來的塞文山脈之行中的某一晚，這位十分享受獨行的羅伯特・史蒂文生卻感受到了一股濃烈的鄉愁：「即使獨自旅行讓我十分興奮，我還是意識到了一種奇異的缺憾。我忽然希望能有一個伴靜靜地躺在我身邊，與我共享這片澄澈的星空，而他的手則會不斷撫觸著我的手。」類似的感受也出現在博納・奧利維前往撒馬爾罕旅途中的某個憂鬱時刻：「走在這條彷彿沒有盡頭的路上，引導著我方向的航線彷彿海市蜃樓一般嘲笑著我。此時，我只希望有一隻友誼的手搭上我的肩膀，用笑容為我重新點燃心中那已幾近熄滅的火焰。但我仍是獨自一人，身處於絕對的孤寂之中。如此的我，在這無邊無際的道路所設下的挑戰面前，確實是太渺小、太脆弱、也太無力了。」

至於在比爾・布萊森的例子中，他面臨的是另一種狀況。他打算前往美國東部，實地走訪由緬因州延伸到喬治亞州，綿延達三千五百公里的阿帕拉契山徑。出發前，他一直試圖尋找能夠結夥同行的旅伴，但他所有的朋友都對於這趟行程的艱困與漫長不敢恭維。當他已經為此感到有點洩氣的時候，正在嘗試戒酒的兒時玩伴史蒂芬・凱茲撥了電話給他。在電話中，史蒂芬・凱茲還是對這個提議非常猶豫，然而比爾布萊森的樂觀與衝勁最終還是說服了他：「我簡直不敢相信！我不用自己一個人去了！我雀躍不已。我真的不用一個人去了。」

法蘭索瓦・卡山濟納—特維迪修士雖然不討厭與人接觸，但更多時候他還是偏好獨處。「倘若一個人在正確的時刻創造了一些相遇的機會，而其中那些特別友善的臉孔又成為照亮了這段旅程的點點明燈，這個經驗反而證明了，唯有當我們獨行時，才能真正以更好的方式走下去。這並不是因為我們就可以自由地按照自己的方式來行進，也不是因為我們能夠走得更快、更有效率，而是因為如此一來，我們方能成為來自世界四面八方的種種教誨、訊息、課題中不可分割的那一部分。」一個人獨自漫步的過程是一種和宇宙相應的過程，此時的個體與世界是統合而不被任何事物介入的。這會進一步讓個體去探索與運用自身內在的那些力量，而且不會因為與他人對話或是必須將注意力放到旁人身上而導致分心。「我認為，在大多數的時間裡，獨處是有益的。而與人相伴這件事情，則幾乎都是累人而且有害的，即使最好的陪伴關係也是如此。因此，我鍾愛獨處。也從來不曾有任何一次與人共處的經驗能給我像獨處一樣美好的感受。整體來說，當我們身處人群之中，往往會覺得比一個人待在家裡的時候還要孤單。」（引自梭羅《湖濱散記》）獨處會帶給我們一種無盡自由、超越束縛的感受。喬治・皮卡德則以自己的方式表達了類似的想法：「就我而言，透過尋求獨處，讓我體驗到了不尋常的愉悅感。此時，我被這個世界徹底遺忘……我的身上沒有任何義務與職責，我的意識得到了安寧。仍然與我保持共感和聯繫的，只剩下腿部的肌肉：只要我想，就可以停止我的步伐，不論要停留多久都可以；就如同我也可以強迫我的雙腿繼續動作，把我帶到更遠的地方。」

雖然獨行者看似封閉自我與拒絕交流，但他們往往都在路途中不斷地與周邊環境對話，並且能感知到自己實際上是被無數的存在所包圍的。約翰・繆爾是一個經常獨自長程徒步健行的人，但他卻總是感覺到自己「身邊有成群的旅伴。對我來說，徹底的孤獨不但是有活力的、親切的，而且其中更存在著豐富的人性。我甚至能從岩石上感受到它們的喋喋不休、它們的彼此友愛，以及它們豐富的同理心。」相同的感受也能在亞歷珊卓・大衛・尼爾的敘述中發現。她曾寫下：「真正的旅伴，是樹、是草、是日光、是晨昏時分的流雲、是海、是山。生命，便是在它們之間流轉，這也是真正的生活之所在。而一旦我們懂得去看、去感受，我們就不會是孤獨的。」

獨行，對於某些路線來說是困難的，尤其是通往孔波斯特拉的朝聖之路。這條知名的路徑可能只有在冬天時才會變得比較容易通行，至於在夏天時，路上終日摩肩接踵的人群則讓好好走路這件事情都變得極為艱辛。這種狀況下，與人結伴反而會讓行程變得更有彈性與靈活度。在路途中，我們可能會遇到一些與自己投契的人，並且決定與他們同行一段，或約定當晚在投宿處碰面、共進晚餐。雖然路上的每個人擁有不同的節奏與步調，但這個差異並不構成彼此認識、對話與交流的障礙。不過，在像這樣人來人往的漫長道路上，與他人社交終究不是強制性或是有絕對必要性的做法。不論是友誼或戀情，都可能在這段旅程中發生，也可能會在同一段旅程中結束。每一個個體都有權決定自己是要遠離他人，或是要結交、融入某個群體。因此，西班牙朝聖之路上的徒步旅人與朝聖者們或許會在夜晚歡聚，但在白晝時分選擇獨自前行，並潛心觀想自身的內在——那依託、庇護了個人性靈之處。對那些經歷了一天行腳，筋疲力竭地抵達旅店的人來說，本該是休息時刻的夜晚卻可能比鎮日勞動筋骨的白天還要嘈雜紊亂：除了如雷的鼾聲之外，太晚抵達投宿處的人、一早就要準備出發的人都會製造出各種動靜，而打算藉著一夜好眠來恢復元氣的人總是因此難以如願。

在兩人同行的情境下，不論身邊的旅伴是情人或是朋友，都勢必要將一部分的注意力放在對方身上。雖然在對於個體內在性的探索與叩問上，兩個人可以擁有各自的步調和做法。但如果在途中遇到了什麼吸引人的地方或是發現了什麼有趣的事情，還是能夠與彼此分享的。如果彼此之間行進的速度不等，這也不意味著兩人之間就失去了互相陪伴的連結性。

在旅途中，我們經常會因為一片美景、甚至是一塊嶙峋的岩石而駐足，並細細凝視與品味眼中所見；有時也會在路邊卸下行囊稍微休息。即使是團體行程，那隊伍也往往會拉得很長。「一般來說，當團體在行進中，總會有一批先鋒隊遠遠地走在最前面，其中包括那些腿力過人者、好奇心不甚旺盛者、欠缺玩心者，或是熱中競爭者。走在他們之後的，是一個由步伐較輕鬆、配速不疾不徐的人們組成的集團，他們習於在路上東張西望，經常被一些小發現給吸引過去，而且總是絮絮叨叨地互相討論與交換心得：基本上，這是一個流動性比較明顯的不穩定集團，有些從先鋒群中掉隊的人或是加快腳步脫離殿後群的人也會加入他們的行列。押隊的則是殿後者集團，其中的成員主要包括那些藝術家、自然主義者、漫遊者、精神不濟者、喜歡採拾路邊果實的人，或是基於各種不同理由而腳步遲緩的人。」（引自魯道夫・托普佛《曲折旅行》）

團體行動的風險主要在於成員彼此之間的衝突：不管是因為嫉妒、敵意、誤解、行進步調上的差異、不健康的競爭心態，或是不恰當的玩笑等，都可能會造成這樣的狀況。有時候，身在團體中就難免會被迫參與一些很「硬要」的對話。這類「尬聊」的內容通常都只有開話題的人自己感興趣而已。然而，這卻往往讓那些不巧被抓住的聽眾陷入沒完沒了的叨唸之中，而且在這過程裡又不能按照個人想法與興趣去欣賞那些自己真正想看的風景：一旦真的這樣做，就很有可能會被當成欠缺教養的無禮者。總之，身在團體之中，就不得不將一部分的注意力放在談天說笑、分享逸事趣聞這類的事情上，而這也正是社交活動的普遍形式。誠然，集體行動可以讓人避開一些可能的危險。這一點對於某些身分或群體的人來說是具有正面意義的，例如女性可能經常會因為某些地區存在的性別暴力問題而被要求避免獨自旅行；而對於身體機能較為脆弱的老年人來說，有旁人可以互相照應的團體行程也能減少健康方面的疑慮。但事實上就是，當我們與一群人一同賞景，並且交頭接耳地討論與品評時，就必然要從沉思冥想的狀態裡退出，從獨自行腳過程中強烈感受到的、或是兩人在默契中一同靜默所經驗到的那種超越性中被抽離出來。雖然赫茲利特承認，當我們在欣賞某些景色或是紀念物時，確實是需要身旁有其他人可以分享當下的想法或是感受，這些觀看對象的價值在只有一個人獨自欣賞時，似乎就變得不那麼清晰。但這裡的重點主要是在於分享，就像是我們也可以在俱樂部裡與人暢聊一座紀念碑，或是一幅獨特的自然景致帶給我們的感受，而不是在結伴同行這件事情上。居斯塔夫・魯德[1]曾說：「若你擁有與你步調契合的好友，請不要猶豫。當我們遭逢生命中的困難時刻，他們（總是令人感到愉快）的存在將會益顯珍貴。」若我們與他人之間分享著共通的感受，那麼這種感受往往就會被加成、放大而變得更為強烈。然而，他也觀察到，當我們與他人的感受產生落差時，它們之間會發生互相抵銷的現象。此時，他人的陪伴也就不再具有吸引力了。也是因為如此，他十分反對那些「採取對抗世界的姿態，而不是要與世界交流」的團體。在孔波斯特拉之路上，艾迪特・德・拉・埃侯尼耶赫[2]的話語依舊鮮明：「最初，那氣氛總是快樂的。在一個三人的團體中，每個人都不會真正展現自己

---

① 居斯塔夫・魯德（Gustave Roud 1897-1976）：瑞士詩人和攝影師。

② 艾迪特・德・拉・埃侯尼耶赫（Édith de La Héronnière）：法國作家。

的個性與面貌。如果說這樣的狀況不會在兩人所構成的關係中持續太長時間，那麼在第三個人加入後，問題就會變得周而復始、不斷循環……兩個人能夠自成一個小世界，第三個人的加入則會將它打破……如果團體成員增加到四人，那麼友誼在其中將蕩然無存，剩下的只有每個人的孤獨感與彼此之間的針鋒相對，加上不時因為風向搖擺而發生變化的各種結盟關係。」總之，我們在這樣的旅程中能夠獲得的成長，以及這些成長所透出的質地，皆由團體內部的彼此諒解與融洽程度而定。

對某些人來說，他們主張結伴同行的理由主要在於安全性。托馬斯・艾斯佩達不曾讀過博納・奧利維的著作，但他曾指出，人們不應該在沒有旅伴的情況下獨自穿越土耳其。「如果我們這麼做，很容易會感受到四周總是存在著某種威脅，總是缺乏安全感；當我們獨行時，也會有種不自由的感覺。旅途中，我們會花大量的時間與精神在尋找那些安全的、能夠稍微讓自己放鬆與休息的地方……但如果是兩人結伴同行，那麼想要宿營就變得容易許多了。」當我們結夥行動時，由於能夠互相保護、彼此照料，因此確實能夠有效地降低心中的恐懼感。在面臨威脅時，獨行者也的確很難有機會用最快的速度脫逃。過去，我曾有在樹林和工寮露宿的經驗。當時在沒有防護、也沒有睡袋，僅能和衣而睡的狀況下，我整晚都處於精神緊繃的戒備狀態，幾乎是夜不成眠。周邊處處有動物的行蹤，即便在稀疏的草叢中也有牠們的氣息，總讓人感覺好像附近有什麼掠奪者正在朝著毫無防備的我步步進逼。老鼠、田鼠、蛇、蝙蝠、刺蝟等小型野生動物在夜色的掩護下紛紛現出原形。但最讓我印象深刻的一次經驗，是在巴西的納塔爾附近。當晚，我露宿在一處懸崖之上，凝望著浩瀚深邃的大海，並在暖洋洋的、彷彿透著母性氣息的溫柔空氣包圍之中沉沉入夢。

除了上述理由之外，與人結伴同行事實上也展現出於一種對社交活動的追尋。瑞士作家兼漫畫家魯道夫・托普佛寫道：「在旅行中，如果能夠攜帶一些背包以外的東西，不論它們提供給你的是活力、歡樂、勇氣或是好心情，這些都非常棒。此外，如果旅程的樂趣是建立在自己與旅伴的身上，而不是基於對某座城市的好奇或是對某地風景的想望，那也同樣是極好的事。」托普佛作為中學校長以及「步行教育法」的先驅，他在一八二五至一八四二年間，每年都會帶領學生進行一趟為期十餘日、日行二十多公里的阿爾卑斯山徒步穿越行程。對於這場以聖哥達山為中心的旅程，他寫道：「我們的隊伍總共有二十一人，其中包括十八位身材、年齡、籍貫各不相同的學生。」他繼續寫道，「關於數字部分，他們都有旺盛的活力，並帶來各種不同的討論與交流。然而，最重要的是，他們皆秉持著極佳的團隊精神，懂得彼此互相協助；同時也具有競爭意識，以及針對各種個人特質，如矮小、瘦弱、行動不便等，而不只是獨厚身強體壯者，進行預先或臨時設計組織行動的能力。」在一場長程的徒步旅行裡，比如像朝聖之路那樣的行程，總是有著各種與人相遇和邂逅的機會。在這樣的過程中，每一個孤身走在自己的道路上、身旁沒有親友給予支持的個人，透過分享共同的經歷、共同的目標，乃至共同的憂愁與共同的喜悅，便能很容易地創造出一種彼此間的連帶感，從而讓原本互不相識的人們透過此種互動經驗結成臨時性的命運共同體，並藉此驅散每個人在旅途中面對的那些不安與惶恐。這樣的團體往往由不同年齡、不同社經地位，來自天南地北的男男女女們所組成。路，便是這樣而成了一種孕育各種相遇之處，人們在其中相聚又離散，不論那些連結的結局是悲是喜、是好或壞。

中輟生重新站起

「我所走的每一步，皆是漫漫旅程。」

——布雷斯洛夫的納赫曼拉比

（Rabbi Nahman de Braslav 1772-1810 猶太人，他發起哈西德猶太教的布雷斯洛夫運動。）

步行，能讓人與世界重新產生連結。它發生的場域是在一個被社會與文化關係所浸透的空間內，而這個空間同時也是自然的、物理性的，因而與大地脫離不了關係。當那些來自都市的孩子走入他們一無所知的鄉野地帶，他們會驚訝地發現，由於沒有商店與街道的光害影響，在日落之後迎來的幽邃夜空將能看見過往從未得見的群星，而那萬籟俱寂的世界雖然令人懼怕，卻也足以震動人心。在這裡，遠方的地平線不再受到建築物的阻擋與遮蔽，廣袤的森林同樣難以想像。與各種野生動物和鳥類的不期而遇，更往往讓他們倍感驚奇。於是，他們了解到人們能夠進入一種集體的沉靜與緘默，而這不必是因為彼此之間的對話無法進行或遭到中斷的緣故。不論是經過數個小時的探索後在森林中發現的一窪水塘或小小飛瀑、瞥見一閃而過的鹿、沉浸於林間芬芳的氣息，又或是跌入一片蔓延的藍莓或野莓叢中，這樣的經驗都足以讓他們讚嘆不已。

今昔相較，以往的年輕世代投入更多的時間在體能活動上，這樣的習慣幫助他們探索自我、理解他人，並促進人我之間連帶感的形成；今日的年輕世代則更習於線上聊天，或是透過手機互相發送圖文訊息。以法國為例，各種公共衛生指標皆指出，一九七〇年代青少年的活動力是今日同齡者的兩倍。

當代青少年的這種「宅性」所影響的不只是他們的健康，更影響其個人發展，如果一個人在青少年時期能採取更具活力的積極生活方式，他們也有很大的機會將這樣的狀態延續到成年之後的人生。對於生活在都市的年輕族群來說，「道路」實際上也可稱得上是一所「大學」。因為當我們走上出外遊歷之路，這一過程便可以讓我們觸及到哲學上的存在問題，而此種經驗能夠磨礪我們的內在，從而使我們的精神層面更為強大、也更為謙遜。「道路」所體現的這種深度與廣博，也正是我們稱之為「大學」的原因。至於在路途中四處潛伏的未知，讓「路」成為一個常規與慣例失效的場域，我們也因此而不再能躲藏、委身於那些由確定性所形構的安全感之中。這讓我們的感官與智性都處於一種警戒的狀態，並且密切地關注各種感受、每次相遇、一切自我提升與進步的機會，以及好奇心的召喚。行進間的每一步，都代表著由路程中各種遭遇與發現交織而成的全新自我。此外，旅途中所伴隨的那些風景、與各地人群的接觸，都會滋生出讓我們想要走得更遠，並進一步認識各地風土與歷史的想望。從前，參與手工業行會的成員們有一個傳統，他們會帶著一個稱為「四結行囊」的肩上小包袱，以八年至十年的時間徒步遊歷全法國。途中，他們會四處尋找能夠留宿的驛站或旅店，如果能在該處覓得僱傭機會，那麼他們也有可能在同一個地方停留數月。原則上，他們在每一個落腳處會停留六個月以上的時間。但其行動並不限於當下的落腳地一處而已，他們實際上會嘗試在多個城市之間建立起自己的社會與事業人脈，這個網絡的範圍有時甚至遠達其他國家。於是，在這個過程之中，他們認識到世界的多樣性、不同地區的文化面貌，乃至某些城市中的手工業者所遵循的特殊慣例等。這些參與這個活動的工匠並不僅是在進行專業方面的學習或是受訓而已，他們實際上是在面對這個複雜的世界、難解的各地語言與方言等所給予的挑戰。他們在這個過程中尋求自己的生存之道，並且嘗試以一己之力來解決各種困境。

今日，像這樣的長程徒步旅行，通常被應用在教育場域，特別是針對一些無法肯認自我價值、難以正視自我，以及人際關係脆弱的年輕族群。這樣的做法或許可追溯到童子軍運動的精神與二十世紀初期的一些教育經驗；其源頭也有可能根植於一些更早的歷史脈絡，例如英國年輕貴族階級的壯遊傳統，或以歌德作品《威廉・麥斯特的學徒歲月》為代表的德國教養小說等。這樣的傳統在二戰之後經歷過多次再詮釋與修正，首先是由傑克・凱魯亞克①的小說《在路上》所代表的「躁動的一代」；隨之是影響範圍廣達一整個世代的嬉皮，他們追隨著赫曼・赫賽的作品《東方之旅》所指引的精神軌跡，踏上前往加德滿都或者果亞的旅程。想擁有這樣的體驗，必須要具備能夠持續數個月身體勞動的體能及耐力，能夠接受在旅程中的一切不確定因素，並且同意暫時遠離資訊通訊設備與放棄在路程中聽音樂的習慣。對於那些平常只待在自己的生活圈內，移動範圍不過幾棟建築之間的年輕人來說，像這樣的長途旅行是非常難以想像的，而這種行程所帶來的挑戰又因為必須耗費漫長時間而更為強化。除此之外，這種長程徒步旅行與一般運動的邏輯也非常不同：在路途中，我們不與任何人競爭，唯一的觀照對象只有自己。這種特質也讓此種活動更顯特異。

① 傑克・凱魯亞克（Jank Kerouac 1922-1969）：美國小說家、作家、藝術家與詩人，也是垮掉的一代中最有名的作家之一。

身處於遠離日常生活的旅途之上，年輕的漫遊者們在這世間所處的位置、其方向性，乃至於有關自身的定義都變得模糊曖昧。他們成為了一種另類的存在，擺盪在許多不同的方位座標與參照對象之間。雖然這些判準曾經有效地為其指引過方向，但他們在旅程中所經歷的一切脫逸於常軌之外的、奇異的與難以理解的物事，則讓這套座標體系失去了原有的功能與意義。在旅途中的人，既不同於出發前的那個自己，也不同於旅程結束後的自己。於此情境下，個體從原本標誌了自我的那些特質與標籤中分離出來，其存有狀態變得混沌不明，因此人在這個過程中也會一度感覺不再認識自己。在漫漫長路上，旅者原本的自我認同逐漸異化與變質，同時也建構起一套新的主體認知。雖然他們會有「今日的我，不再是昨日的我」這樣的感受，但實際上他們也還無法得知自己最後會變成何種樣貌，因為他們仍在旅途之中，而行程的終點仍在未知的遠方。這種懸浮於社會聯繫之外、充滿模糊與不確定性的特質，或許可借用人類學中「閾限」的概念來描述。當個體處於此種狀態，意味著他已經不在原本的社會習慣框架之中，而是處於一種一切都不清晰、難以精確定義的灰色地帶。但這個過程會讓個體走向下一階段，即「聚合」，也就是回歸到一個日常性、一般性的感官秩序之中。透過一趟這樣的旅途，年輕的旅者將能夠自我轉化，並且創造一個全新的自己。在此過程中，來自社會環境的壓迫喪失了過往的力道。漫遊本身也因此成為一種例外狀態。在路途中遭逢的那些挫折、疏離感都更深刻地再定義了行動者本身的存有，同時也讓這些過去不曾被自身家族成員與背景所囿的年輕人，必須重新面對、思索養育自己的家族與社會之歷史。所謂命運，僅有在人對自身的命數存在某種必然性的信念時才得以成立。

一般來說，當一個年輕人掌握了各種知識的、理性的與體能上的優勢時，他通常不會對這些既有的認識論資源產生質疑，除非他們面對的外在環境與條件發生了變化。一場長途旅程便是在這樣的條件基礎上，拆毀了我們原本早已習慣的生活與存有方式，建立一套新的自我評估與認知體系，同時以一種更明晰、更積極的形式幫助我們創造一個全新的自我，並讓我們相信自己確實值得這一切。這樣的體驗能夠在行動者與世界之間，創造出有助於回歸自我的一個物理上與道德上的距離，一種能夠應對各種事件的餘裕，一場生活場域與人際網絡的變化，並且擺脫過往那些令人窒悶的日常例規以及社交圈內的流言蜚語。它能讓人開發出全新的時間運用方式；如果旅人抱持信心相信運氣，那麼它也可能帶來一些美好的邂逅……這種將自身從日常規律中抽離的做法，一如人類學者在研究工作中以「遠離的目光」從旁觀察其研究對象，此種方式賦予觀察一種更客觀的特性，並且有助於重新定義自我。目前，步行與旅遊活動所獨具的價值經常被應用在社會工作領域，以一種不同以往的方式來協助那些為現實生活所苦的年輕人。

充滿躁動與憤懣的慘綠青少年歲月、叛逆與違背法律規範的行為，這些都不是無法改變的宿命，也不是預示了往後人生發展的絕對指標。是無法成功帶著這些年輕人面向世界、與世界和解的師長及同儕賦予了他們複雜難言的人生況味。關於這樣的現象，奧地利教育家與心理分析家奧古斯特・艾康①之言至今依然顯得十分剴切：「教育的匱乏乃是輕度犯罪滋生的源頭。對那些因此而誤入歧途的人究責並非重點，真正重要的是必須要改善教育匱乏這一根本性問題。」當然，這麼說絕非要為犯罪行為開脫，而是希望能將焦點放在如何預防犯罪與修復系統性的問題，並讓那些試圖參與世界的青少年與想追求成長的成年人都能擁有他們本應得到的機會。而當這些誤觸法網的年輕人踏上徒步旅行的漫長道路後，他們之中的許多人也確實在該過程中找到了自己存在的意義。事實上，法官最初所下達的指示讓他們十分驚訝。畢竟他們一開始的預想是自己的行為可能會受到懲戒，或是會遭到嚴厲的訓斥。但是，突然出現在他們眼前的人卻自顧自地丟出了超乎預期的選項：當中沒有坐牢或是刑罰，而是要求他們在接受相應的處分或是進行一場長程徒步旅行之間做出決定。這樣的提議確實使人感到困惑，特別是對他們來說，長程徒步旅行是一種以耗時、靜默、內向性等性質為特色的活動，實在說不上有什麼具體的好處。但從另一方面而言，他們確實也認為這個看似不可能的任務頗有吸引力，尤其是當他們知道確實有一些人完成了這項挑戰之後，這個選項又變得更容易被接受。

一趟這樣的長途步行同時也是一場冒險、一種體能表現上的成就，與一次改變的可能，而這些特質也顯得十分誘人。一旦他們回應了這個天外飛來一筆的提議，他們就將從那些反覆不止的小奸小惡行為以及日常生活中無處不在的苦悶中暫時脫離。一旦踏上旅途，他們就可以藉著這個過程暫時跳出命運輪迴，從而踏入一個未知的世

① 奧古斯特·艾康（August Aichorn 1878-1949）：奧地利的教育家和心理分析家。

界。為了成為在這場試煉結束之時他們即將成為的那個人，他們會開始與自己的內在互動、處理自己的深層問題；同時，他們也會放下那些過去不斷糾結在他們心中的陳年舊事。對於一部分的年輕人來說，這個出乎意料的提案之所以令人驚喜，是因為這一計畫能讓他們去到陌生的遠方。他們有機會去到一個陌生的異國，漫步在沙漠或群山之中，而這與那些他們在日常生活中會從事的慣性活動有著極大的不同。這樣的旅程能從根本上斬斷浸透在他們生命中的「宅性」，讓他們重新動起來，再次體會這世界所能帶給人的美好感受、種種情緒的流動，以及為了某個目標而努力的心情。而這個體驗將會促進他們發展獨立精神、積極主動的個性、好奇心、對人的信任感、連帶感，以及自尊心。

「超越門檻協會」便因此應運而生。該協會由博納．奧利維所創辦，他們接受政府單位（如兒少事務法官、兒少救助部門調查員等……）的委任，從事兒童與青少年扶助工作。其最主要的介入手段是將個案從原生環境中即時分離出來，使個案與造成他們困境的結構保持距離，而最終目的則是希望讓他們能再次順利融入社會。接受他們扶助的對象主要為未成年人，年齡普遍在十五到十八歲之間。在隨隊人員的陪同之下，他們會花上三個多月的時間，以一天二十五公里左右的速度，完成一趟大約兩千公里的徒步旅行。在這趟路程中，他們每個人的行李僅僅是一個隨身後背包，不能使用行動電話與娛樂設備，也無法聽音樂、飲酒、使用大麻或是其他精神藥物。雖然這樣的安排形同嚴肅的苦修，但若與在監獄服刑相比，或許還是要稍微刺激而有趣一些。而這也是他們為了回歸社會必須付出的代價。在出發之前，協會會先與參與此項計畫的青少年面談：在這場會面中，評估人員會嘗試了解這些年輕人想要遠行的理由、他們期望從這趟旅程中獲得怎樣的經驗，並且探知每個人的長處與缺陷。雖然這樣的活動看起來是由「超越門檻協會」一方所主導，但實際上如果這些青少年本身並不想改變他們自己與世界之間的關係，那麼這個計畫也是無法真正實踐的。畢竟整個方案的設計並不是在丟給參與者一個包包之後就不管他們了，而是必須要有一套經過縝密考慮的行動方案在背後支持，如此才能發揮計畫的效益。同時，每一個參加這趟漫長旅程的成員都要仔細評估這個計畫，在清楚認知各種權利義務的條件下，也同時認知到：如果在過程中他們有任何不舒服、不對勁的感受，隨時都能夠找到可以跟他們對話，並給予其支持與協助的人。就過去的參與者所言，在過程中每一個需要交換意見或是互相傾聽的場合，他們從來沒有感受過被排除、被忽視的滋味。此外，參與者家長的意見在這個計畫中也同樣占有一席之地。

在參與計畫的青少年之中，有一些人正在面臨司法程序，也有一些人處於假釋期間，或是被調整過刑期。也有一部分參與者是因為行為問題被列為社工關懷對象，但由於並沒有真正做出犯罪行為，因此與司法程序無涉；或是因為無法與自我肯認、與自己和平共處，而產生了內在破碎、解離的情形。但無論是哪一種狀況，這些選擇「長征」的年輕人都是自願參與計畫，他們也有隨時放棄與退出的權利。在旅程真正要開始之時，每個參與者都會收到一台照相機，這是為了鼓勵他們捕捉旅途中的各種畫面，並將其寫入記憶之中，同時希望透過這個方式能讓他們多加留意他們身處的場域、情境以及在其中流動的每一張面孔。參與者也被鼓勵去記錄自己的體驗與成長歷程。至於在旅程中的休息日，則是用來讓他們去參訪周邊有趣或有特色的景點，這一安排的用意是希望能激發他們對自己所處世界的好奇心。在過程中，參與者可以用書信與他們的家人或朋友聯繫。每一週，他們都會與隨隊輔導員共同完成一份報告，並且將它寄回協會。這份報告在之後可能會被轉交給他們的家長、法院，或是教育單位的人員。像這樣的報告與紀錄，主要是為了確保參與計畫的青少年在路途中的安全，並且在發現問題的時候能夠及時介入。

在途中陪伴這群青少年的隨隊輔導員並沒有什麼一致性的面貌或共通的專業，他們是一群來自不同領域、密切關注這個計畫，並且有意陪這些孩子同行一段的人。此種內在動力讓他們願意接下隨隊輔導員這一工時漫長又不固定，而且報酬也不豐厚的工作。他們對於自己在路途中將要照管的這些年輕人的認識並不多，基本上只是依靠一些片段的資料來理解，因此他們並不會對其抱持特定的偏見，也不會受到一些風聲、傳言或是標籤化的評價所影響。畢竟，這趟旅程的目的是要讓參加的青少年感受到，他們確實可以與從前那個犯錯的自己、無法面對的自己、總是感覺與世界格格不入的自己告別，如果因為這些晦暗的過往而武斷地給他們貼上標籤，那麼這場將他們從原本的生活中拉出來的行動就將徹底失去意義與效果。具體來說，這場旅程的設計是有一系列目標的，例如讓參與者能夠建立一些人際關係上的準則、發展出個人的自主性、培養自信與對他人的信賴感、為了日後回歸社會做好自我建設等，特別是讓他們能掌握進入專業領域及職場所必須擁有的基本條件。所有參與者在出發前都必須備妥健康狀況證明書以確保他們的安全與健康，同時主辦單位也會確保他們在途中如有發生任何傷病或疲憊狀況時能獲得良好的照護。這場旅途並非某種測試，也不是為了爭取什麼成績，而是一次內在探索的過程。透過這個過程，參與其中的年輕人能夠藉此開始認識自我深處埋藏的那些喜悅與擔憂。而在正式啟程的前一週，輔導員團隊會提前召集參與者，以便事先闡明有關這趟旅程的各種規則、進行任務分配，並且預做基本的體能準備。

在這場漫長的冒險路程中，隨隊輔導員的參與和介入具有不可忽視的重要性。在整趟旅程中，他們無時無刻不在努力處理各種相似的問題，並且因此而生出種種憂喜之情。面對眼前的這批年輕隊員，他們必須要專注傾聽、給予保護、提供解釋、施予鼓勵，並且耳提面命各種注意事項。輔導員與他們的隊員在行程中也必須一起規劃開支、一起炊煮用餐、一起清潔洗滌等，這樣的共同生活經驗也讓他們擁有了一段彼此共享的生命故事。在他們旅程的第一與第二個月末，由行程負責人、心理醫師與兒少教育專家等組成的後勤支援團隊會抵達行腳隊伍所在之處，以便評估該趟行程的狀況，並且調解隊伍中可能存在的緊張關係。在出發一個月後，會開始實施值星制度。

每週由一個或兩個團隊成員作為該週負責人，透過這樣的輪替制度來創造一些團隊氣氛與節奏感上的變化，避免整趟行程淪為另外一種例行公式般的瑣事輪迴。而隨著這些青少年在行腳過程中的自我成長，他們也會開始思考之後回歸社會的實際問題。此時，輔導員也會適時給予他們建議，並鼓勵他們以正面態度看待此事。為期三個月的旅程中，隨隊輔導員與這些青少年彼此交心，為他們提供思考指引，同時也透過一套審慎而有效率的機制在其背後給予支持。此外，在行程開始前與結束後，會各舉辦一場慶祝活動。主要的用意是將這趟步行所帶來的各種象徵性意義與轉化給體現出來。在慶祝會上，每位參與者在這趟行程中與他們的輔導員共同撰寫的週報告會依照時間順序呈現出來，這是為了展示他們一路上的自我成長，以及他們如何逐步對他人敞開心房的完整歷程。

除了上述的「超越門檻協會」之外，有一些其他的組織與單位，也在試圖用不同的方式來提供相近的體驗。例如本業為特教老師的提耶希・彤坦，就會帶安置在兒少救助機構的中輟生與身心受創的青少年前往摩洛哥的沙漠進行一趟轉化之旅。在這趟旅程中，彤坦與七名年輕人前往位於梅爾祖加的阿特拉斯山脈。他們在當地柏柏爾人嚮導的帶領下，與背負著糧食、營帳、睡袋等裝備的單峰駱駝隊一同登上這充滿傳奇的高山。與超越門檻協會的活動體驗比較不同的是，這趟行程基本上是由各種不同的緊張關係與公開的衝突所構成的。作為領隊的教育工作者在這種狀況之下，就必須時時以他們熟稔的專業知識及技能來管理這個團隊、化解成員間緊繃的張力，並且給予這些年輕人適當的陪伴。而「儀式化」的手法更是自始至終存在於這趟成長之旅的每一個過程中。首先，輔導團隊會各別與每一個參加行程的青少年會面，以評估他們對於遠行、對於改變的願望有多強烈；接著所有成員會受邀參加一場餐會，席間讓這群年輕人彼此認識、共同描繪他們對這趟旅程的期待、分享每個人心中的恐懼與盼望等。而在旅途之中所舉辦的晚會和派對上，輔導員則會使用裝飾著五彩絲線的「發言權杖」（譯註：過去在北美原住民社群中使用的一種器具，在會議中唯有持杖者才具有發言權，其他人則有聆聽與理解其意見的義務），來引導同行的青少年發言，分享他們對這趟旅程的觀點，同時確保發言過程的順利與流暢。藉由這個正式而莊重的模式，話語的意義與靜默的分量都了進一步地提升。對於這個團體而言，「發言權杖」正是讓他們能夠彼此陪伴、一路同行的獨到祕寶。至於在擔任輔導員的教育工作者一方，在與這些青少年一路共享著旅途中的各式發現與種種疲憊的狀況下，他們的專業表現也多少會受到一些影響。據其所言：「我們變得有點像是領隊，或者說是過來人這樣的角色，因而能夠在某些時刻與這些銳氣尚在的年輕人聊聊有關人生、挑戰與挫折之類的話題。」而這趟旅程的終點同樣也是由一些儀式化的活動所組構而成，包括對談、餐會以及出版一本集結了所有參與者拍攝的照片和旅途見聞的成果總集。

如果要說這計畫是以幫助這群青少年為目的，或許不盡準確。更恰當的說法應該是，這趟旅程的目標是協助這些參加的年輕人找到幫助自己走出困境的方法。在此過程中，參與者並不是各憑本事地單打獨鬥，也不會有人對他們控制監管，而是透過形成一個彼此互相了解與信賴的關係來共同克服途中必須面對的挑戰。雖然如此，團體中的較年長者一般仍會被要求擔負更多的責任。正是在這樣的團體生活與價值目標共享的環境中，讓這些年輕的參與者發展出了個體的自主性。隊伍中雖然配置輔導人員，但他們的存在不是為了管控或是限制這群青少年的行為；相反地，輔導員參與這場行動的方式乃是將「權力」交還給年輕的參與者。透過這個「賦權」的做法，參與了這場旅程的青少年將從中學習如何掌控自己的生命。同時，在有人陪伴與輔佐的狀況下，也能夠適度地降低他們在這個過程中可能遭遇的威脅與風險。在這幾週或幾個月的時間之中，這群帶著各自生命創傷的青少年，會確實感受到身邊存在著願意傾聽他們說話，並且願意成為他們堅實後盾的成年人。透過其行為、肢體語言、眼神與嗓音，隨隊輔導人員會成為能讓這些年輕人感到可靠與安全感的存在。

在這套助人工作的實踐框架中，占據核心地位的是輔導人員與青少年參與者之間的面對面談話。藉由這個互動模式，輔導者表現出的堅定、耐心與毅力可以更進一步讓被輔導者知道他們確實是可靠、並且能夠同理自身處境的人，而且這樣的善意背後只有誠懇，絕非假意討好的表面工夫。對於大多數參與了這場漫長旅程的青少年而言，在他們生長環境中那些本應成為其學習典範、諮詢對象的成年人，多半都沒有盡到作為教育者的責任，甚至其中有些人連家長的角色都扮演不好。因此，這些成年人幾乎完全得不到他們的信任，甚至得不到他們的關心與愛意。而作為陪伴這群青少年走過漫漫長路的輔導者，他們有時必須得經歷一些考驗，或是滿足一些在既定框架之外的要求。但不論如何，他們的任務都是要持續確保自己的行為舉止得宜，以及深諳緩和團體內部緊張氛圍的方法，同時必須拿捏分寸，不能逾越自身角色所賦予他們的權力和義務。此外，他們必須化解團體成員之間的種種紛爭與不和，並且小心地不去傷害到這些青少年的自尊，或是讓他們感覺到自己不被了解。最終，在他們並肩面對與克服這一路上所有挑戰的過程中，發生於團體內的種種關係、話語、祕密、緘默、情緒、共享、折磨，都會體現為一系列美好的時刻，並從內部給予這些年輕參與者支持的力量。由此，他們也會長出生命的彈性與韌度。

對於許多參與這項壯遊計畫的年輕人而言，他們透過這趟旅程獲得了一份可貴的成就感，藉由這種正面的感受，他們會更有底氣去對抗那些長期以來瀰漫在生命經驗中的挫敗感；在這個過程中，他們也有機會能夠修補對自己的評價，並進一步強化自尊。此外，藉由這份經驗，這些青少年將會變得更有信心，去挑戰對過去的他們來說最為艱鉅的課題：以正面而令人愉快的方式融入社會。一名過去的參與者是這樣形容他的轉變幅度：「在出發之前，我只是個沒用的蠢蛋；從這趟旅程回來後，我變成了一個英雄。」這也是讓奧利維津津樂道的一段話。像這樣的旅程與體驗雖然只是為了少部分特定目標群體所設計，但它帶來的效果卻會在更大的層面上發生影響。這樣的正面回饋經常發生在參與者的家長身上：他們往往發現，自家孩子在出發時還是一個社會適應不良的青少年，但在經歷幾個月的異地壯遊後，他們卻以明顯更成熟、健康的年輕人姿態回到家中。一名參與者的父親激動地表示自己的兒子在結束旅程返家後不但變成熟，甚至還長高了。但團隊的教育工作人員則告訴他：「不是的，先生，他只不過是把身子挺直了而已。」因為，此時的他，已經不再是三個月前那個彎腰駝背、垂著頭，不敢與人有眼神交集的畏縮少年了。

除了以上這些之外，還有數不清的例子可以說明像這樣的行動曾帶領多少年輕人重建信任感與安全感。同時，許多參與壯遊的年輕人開始學習他們所到之處的語言、在閱讀中發現世界、決定重返學校繼續接受教育或投身職場，這些都表現出了他們打開心胸面對世界的新姿態。而他們的父母更是從根本上改變了對自己子女的看法。透過這場異地長征，他們得以與過去困住自己的逆境「斷開鎖鍊」，並且獲得與自己、與他人和解的契機。於是，這些曾經脆弱的年輕靈魂能夠打破長年困住他們的惡性循環，終結那些痛苦的、逞凶鬥狠的、毒品交易或偷竊的日常。當他們在這條追尋自我之路上繞了一圈後，終能重新建立他們與這個社會之間的連結。

對於那些苦於自己過往的經歷、與這個世界格格不入、誤觸法網，且不得不面對那些失控的、無情的甚至施虐的父母的年輕人來說，一場遠行正好是能夠暫時擺脫這一切反覆輪迴的苦難的絕佳機會。同時，這也是一個讓他們遠離那些束縛了自己，甚至會迫使自己按照其期望行動的同儕團體的理想時機。因此，藉著這樣的機緣，他們可以趁此擺脫那些黏貼在他們身上的評判標籤以及揮之不去的流言蜚語，從而了解到要過上一個完全不同的人生是有可能的，而他們也絕不是命中注定的失敗者。當他們身處於旅行途中，有著一群從一開始就對他們抱持著完全的信心、無視過往那些誘使自己犯下錯誤行為的負面標籤的夥伴們，他們於是獲得了重新振作自己的機會。事實上，這些所謂的問題青少年本身也是被他們的各種偏見所內化了的受害者：他們會揣度旁人對自己行為的預期，然後按照這個預期去行動。當他們與不會對他們另眼相看的人們共處共存，並且獲得合適的、充滿信任感的對待時，這樣的外部條件會帶來非常可觀的象徵性效果。生平第一次，身邊的成年人對他們不是只有訓斥或是禁止、限制他們的行為，而是想要與他們對話：包括與他們分享想法和心情，以及在建立彼此認識的條件下，同他們商談日常生活中的各種事件與行為。當一個有著前科的青少年不得不向警察問路，而能得到對方帶著笑容的溫和回覆時，這般存在著權力意味的關係結構也發生了根本性的變化。

因此我們可以說，一場像這樣的徒步遠行或許是用正面的、令人愉快的方式提供了一個讓人從社會裡短暫開溜的機會，並且獲得幾個月的自由。這場壯遊的參與者可以暫且拋開一切，把自己的身分、過往、憂慮、社會責任、家庭關係或是事業都先留在家裡。在這段時間中，他也能從一個無時無刻不要求他保持最佳表現的社會身分，或是從一個必須努力維繫公眾形象與良好評價的環境裡暫時解放出來。至於是否要將有關自身的資訊告知那些在路途中與之相遇的人，則是依據他自身的意願而定。

畢竟一旦這麼做，就會立刻把他拉回現實認知的脈絡中，而各種有關自身責任的提醒與召喚也會隨之而來。

步行，是生命中的一條支線任務。透過這個行動，我們能夠把脆弱的、處在失足邊緣的自己給拉回來，並且尋回自身與社會的聯繫。對那些因傷而脆弱的年輕世代來說，則能藉著這樣的機會給自己退一步的空間去重新思考，是什麼形塑了自己的行為？他們的言語和行動又是如何影響了他人？而這樣的成果也必須歸功於在路途中陪伴著他們的那些擁有更多生命歷練的人，這些人生課題的前輩在他們身旁不是為了報復社會，而是為了引導他們更加認識自己。很多時候，讓他們與這個社會之間距離愈來愈遠的並非心中的惡意，是那些埋藏在靈魂深處無人知曉的痛苦。由於這樣的苦難與折磨會形成一個反覆不止的循環，因此必須要由外部給予一些力量與引導，去協助他們從中脫身。

在社會工作領域中，長程的徒步旅行被當作一種非典型的教育方式，並且長期以年輕世代作為應用、實踐此種方法的目標族群。藉由這種做法，能讓受關懷的個案從自身過去的傷痛經歷中抽離，從而讓內在趨於穩定。但徒步壯遊並不只適用於青少年社會工作領域，實際上它是所有人都值得嘗試的體驗。透過一場這樣的行動，每一個人，特別是那些被日常生活的種種慣性所囿限，早已遺忘世界有多廣大的人，將有機會重新發現生命中處處存在的驚奇。而在這場壯遊中我們努力支撐了多久的時間、收穫了哪些正面的結果，這些都會在我們修復或重建自尊以及對自身條件的信心時，成為非常有力的支持數據。

我們並非只能被動地接受擺在眼前的人生，實際上，生命的意義與價值應該是要由我們主動去賦予的。在迷航於人生道路上的中輟生眼中，往往會覺得自己眼前有一道無形的牆阻攔著前方的道路，卻又不斷承受那些認為他們不求長進、原地踏步的批評與指責，並且在這個過程裡看著整個世界逐漸離他們遠去。而要走出這個死胡同，必須要有一種內在的力量為他們指出意義之所在、創造存在之理由、賦予正面的評價（不論是短期或是長期的），並且刷新他們對生命的感受。在以自己的無力、無助所築起的那堵牆上，他們依然保留了一個能夠窺探外界的窗口。而一趟長時間的徒步遠行，或許正是最終他們能夠推開那道窗，邁步走向下一段生命旅程的契機。

十七歲的馬克西姆於二〇一六年四月完成他的旅程。當他在西班牙的菲斯特雷角度過休息日時，他寫下：「在這裡，我不知該如何解釋，但我進入了一種與內在自我共鳴的狀態……洶湧騷亂的海浪，讓我想起了自己過去波瀾起伏的人生，以及總是將我重重包圍的緊張情緒與偏執。然而，就在這狂暴的躁動之中，卻神奇地生成了一股純粹的平靜。此時，風不再呼嘯、海也不再翻騰，一道美極了的陽光穿破重重烏雲灑落。在先前的旅途中，我也曾經見過這樣的光芒，這引領著我的腳步，正如朝聖之路沿途為旅人指引方向的扇貝標記一般。這一切彷彿是為了歡慶我終於通過了無邊無際的黑暗路途，並且再次回到普照的陽光之下。自然，便是這樣地觸動了我的感受，並且向我演示了它奇異殊勝的一面。」當然，這名年輕人只不過是發現了原本就存在於自己身上的事物，但此種發現無疑是在這一趟漫長的旅程開啟了他的眼界，並喚醒了他內在的力量後才得以實現。然而，如果他無法藉此掌握模塑、刻劃自己生命樣貌的能力，便等同於白白錯過了這難能可貴的生命契機。這樣的長程徒步旅行如同開啟了一扇成長的大門，讓曾經與世界錯過的年輕人有機會慢慢走上回歸的道路。於是，站在旅程終點的年輕人已經不再是出發時的那個他了。透過這樣的旅程，旅者往往能夠浴火重生，並跨越那些過去總是無法克服的逆境。在這個名為徒步壯遊的實驗室中，我們於是得以再造自我，成為一個更好的人。

步上療癒之路

「雙腳會指引我們的靈魂。」

——道格・皮考克《腦內戰爭》

馬丁・布伯①的一則故事非常精采地描繪出了一趟旅程中可能遭逢的波瀾起伏或千迴百轉：家境貧窮的艾席克在某晚做了一個夢，這個夢的內容是關於通往布拉格王宮的一座大橋下所埋藏的寶藏。一樣的夢境在不同的夜裡反覆出現，因此艾席克決定動身前往布拉格。但當他真的抵達了夢中的藏寶地，卻因為周遭有人看守而不敢真的動手挖掘。他的行動引起了附近守衛隊長的注意，因而上前詢問他在該處徘徊的理由。艾席克在隊長的追問之下據實以告，卻遭到了嘲笑。這名軍官反問他，誰會相信這樣一場夢的真實性呢？他接著說道，如果他告訴別人他幾個星期以來一直夢到在克拉科夫一個名喚艾席克的窮人家中，有一份祕寶埋藏在他屋子角落的爐臺下面，誰又會真的相信這樣的謬論？聽了這番話，艾席克向軍官道謝，並且啟程返家。回到家後，他便動手挖開屋內一個甚少使用的角落，並且真的找到了寶藏（收錄於《人之道》）。因此，為了趨近與觸及個人生命中的本真性，在旅途中走上岔路、甚至繞遠路都可能是必要的。

行走這件事意味著將我們的精神與身體性重新連結，並且讓那些徬徨與犯錯的過往畫下句點。當我們啟程出走，那不僅意味著走出家門，更是走出我們自己封閉的內心。當人受困於一個使他在道德感受上益發侷促困窘，乃至陷入人際關係上劍拔弩張的狀況時，其生命就形同一場困局。不論其背景、亦不論其年歲，只要一個人成為步行者，即是選擇拋下這些枷鎖，從例行公事般的生命規律中逃脫。此刻，他將會驚訝地發現，真正的人生正在前方等待，而非落在自己的背後。加斯東・巴舍拉在其《空間詩學》中曾提及「無限性，即在我們自身之中」。這句話的含義或許是普世性的：這世界上的每一個人所從事的每一場浪遊，其行動都指向同樣的動力與目標：將過往種種造成他們難以活出真我的那些條件皆拋諸腦後，並且準備邁步迎向一個未來可能成為的自我。

在奧斯威辛集中營解放後的幾週，逃過一劫並重獲自由的普利摩・李維②在身體

---

① 馬丁・布伯（Martin Buber 1878-1965）：奧地利、以色列、猶太人哲學家，也是翻譯家和教育家。

② 普利摩・李維（Primo Levi 1919-1987）：猶太裔義大利化學家、小說家。

狀況尚未完全復元的狀況下，前往了波蘭的卡托維茲。在那裡，他帶著醉意漫遊，期望能從身體的內在、從每一條肌肉與神經纖維中去感受生命的存在。「我曾在美好的晨間行走了幾個小時，把那清新的空氣像藥一般地吸入我受損而衰弱的肺中。雖然我對自己的雙腿不怎麼有信心，但我確實感覺需要透過步行來重新尋回對自己身體的掌控，並且再次與樹林、與草地、與傳來生命泉源之脈動的棕色大地，以及與陣陣吹送著冷杉花粉的強風重新建立起中斷了將近兩年的連結。」那些曾經行過的道路，能夠重建我們在歲月流逝、滄海桑田中被消耗與毀損的生命重心，或是藉由路程中所創造的美好時光而進一步將它強化。在路途中，我們的精神能夠以完全自由的方式對世界探索。當我們邁開雙腳走在這個世界，我們也就是在自己的思緒與記憶中緩步前行，不必著急、也無須害怕會有其他的行程安排或是突如其來的鈴聲出現打斷這一過程。透過漫步，個人與世界之間建立起一段恰到好處的距離、一種閃現的穿透性，並讓人以主動、積極的形式遁入沉思與冥想的境界之中。最終，「步行」這一行動的內涵完全體現在人的內在性層面上。而路途中每次必要的轉折，都是為了讓我們能收攏那些從自身脫逸而出的生命碎片，也是為了削除、翦去那些滯塞了我們生命的沉重思緒。

這是一種讓個人內在失序的混亂狀態重歸平靜與恢復秩序的方式。但這個結果並不是藉由去除那些給人帶來緊張的事物來實現，而是透過改變我們對事物、對世界的看法來達成。

當我們出門去進行一場漫步，即便只是幾個小時的時間，不論在實質意義或是在象徵層次上，也稱得上是一場與世界疏離的行動，以及一套觀看事物的不同方式。最初讓人走出家門的那些理由，不論是想擺脫四體不動的宅生活模式、想努力達成某個個人的目標，或是重新找回與自己內在聯繫的感受等，這些都會在行走過程帶來的種種真實感受中快速消解。就呼吸節奏的變化而言，對於未曾體驗過這種隨著身體的運動而規律喘息的人來說，這也形同一種身體與思考節奏協調同步的感受。最後，真正讓「行者」在路途中感到困擾的就只剩下那些與自己最為切身相關的事，諸如夜宿何方？何處用餐？迷途時有誰可問等等。至於結束一天的行程，抵達當晚的住處之後，他所煩惱的則僅剩下瀰漫在雙腳與全身的疲憊困頓，而不再是旅程或生活裡種種令人不快的瑣事。透過步行，人在真正意義上回到了腳踏實地的狀態。

一旦放下那些定義了我們的身分標籤，以及隨之而來的期待和要求，日常生活中的種種責任與無從逃避的人際互動也就暫時從生命中消失。這是一種透過隱身所達成的愉悅感形式，一種喘息的方式、一種在自我存有的邊界地帶駐足休息的方式、一種從人際關係中解放的方式，迎面而來的只有流動的時間，沒有任何的束縛。此刻，不再有任何人會被自己日常扮演的角色所囚禁。單純地循路而行，讓人暫時告別自身的生命史與生活背景，只專注於旅途中保持前進所需要留心的那些事。畢竟，可不會有任何人在路邊或是在你夜宿的農莊中與你交換名片。在這個過程裡，步行者脫離手機的制約，並且敞開自我去面對周邊環境、途中的相遇，以及流逝不息的時間。於是，人也在此取回了對自我生命的完整主權。透過這段告假的期間，一個人能夠改變自身的存有狀態，並且調整自我與他人、與世界之間的關係。他可以不必再囿於某個特定的身分、社會地位，或是其成長歷程所留下的種種影響，而能自在、無拘無束地醉心於其漫遊路程中一切新奇的發現。

在一次與博物學家喬治・夏勒①共赴喜馬拉雅山的旅程中，彼得・馬修森曾描述了他對於時間流動以及對於外在世界失去興趣的現象。「雖然還是會在日誌上註記日期，但實際上我已經很久沒留意過到底今天是星期幾。對我來說，在那個被我們遺留在山下的紅塵俗世裡究竟發生了什麼、這個世界應該如何運作，這些都已經讓人沒有什麼真實感了。那種感受上的稀薄度，甚至跟遙遠以後、虛無縹緲的未來給我的感覺相差不多。」這種對於自己周邊的環境、對於不斷重複的單調步伐的專注，會讓人進入一種飄浮的狀態。但這種飄浮並不意味著空洞。實際上，從這個意義來說，它帶給人的是一種接近度假的狀態，從而讓人能夠從浸透了日常生活的種種焦慮與擔憂中獲得解放。

賈克・拉卡西耶曾經度過一段既沒有手機、也沒有電腦的日子。對於這個能夠全心享受世界帶來的樂趣而不受干擾的經驗，他將其描述為一種放手之後反而獲得完全個體自主性的過程：「很顯然地，在這裡根本無法收到電子郵件，反正我本來也就決定這整趟旅程都不要使用它……對於除非自己主動對外聯絡，否則會有幾個月完全收不到外界消息的這種狀況，我也頗能接受。事實上，我很快就適應了這種寂靜的、沒有任何郵件煩擾的，甚至對於世事與朋友的近況皆一無所知的生活。」同時，道路作

① 喬治・夏勒（George Schaller）：美國動物學家、博物學家、自然保護主義者和作家。

為一個讓所有人可以匿名使用、任意流動的空間，此種特質也讓近一個世紀前的威廉‧赫茲利特感到非常欣喜。「投宿在旅店有一個毋庸置疑的好處，那就是每個人都能在其中隱沒自己的姓名：『擺脫姓名之累，成為自己的主宰』。噢！從世俗的限制與輿論的束縛中解放出來是如此美好──在自然的環抱下，拋開那無休無止地使人生厭、折損人心的個人身分標籤，我們終能由各種連結所織成的人脈網絡中掙脫，成為真正活在當下的人。」於是，每個個體都成為人群中的一分子，其間種種交流、互動都令人平靜與愉悅。來自各方的男男女女彼此相遇，或許他們會感到一見如故並且決定結伴同行一程，或許他們只是互相問候、給彼此一個微笑，分享途中見聞與旅程資訊，又或許他們會在遇見迷途者時給予善意的協助。他們可能會於夜幕降臨後在投宿的旅店內重逢，也可能在那些提供旅宿服務的農莊餐桌上共度用餐時光。相較於充滿無數限制與束縛的日常生活，漫步於旅途上的人則是身處於一種歡快的、幸福的，並且體現出一種內在聖性的時刻之中。當我們取道山野小徑，便是將那些競爭、疏離、對速度的追求，以及不得不進行的人際互動都拋諸腦後，取而代之的是一個建立在友誼、對話與彼此連帶感上的世界。於是，這讓我們能回歸到人性的泉源：他者並非我們的競爭者或敵人，也不是與我們毫無關係的陌生人，而是一個個觀之可親的有情眾生。透過這樣的方式，我們也能夠尋回一種在現代社會的共同生活模式中日漸淡薄的人性基本倫理：互利互惠、彼此關照的本心。

只要一個人願意出走、踏上自己的旅途，不論行程是長或短，這條路都將療癒他，並且引領他與世界達成和解。在他關上家門轉身離開的同時，也就象徵著把過往的種種煩憂都留在那扇門內，並重新將自身的存有掌握在手中。充斥於日常生活中的種種例行公事，那鎮日困於一成不變、了無新意的環境中徒勞地奔波的事實，也會讓人落入一個無力解決任何問題的負面循環裡。然而，只要拉開距離，遠離這一切，步行者便能忘卻這些煩憂；或更明白地來說，這些惱人的日常將會成為無垠天地中的一部分，而從這個尺度來看，這些世俗紛擾也不過就如滄海一粟罷了。當這些事不再是心頭縈繞不去的難題，真正的解決之道也會同時顯現，一如閃現的靈光。僅僅一晝夜的時間，一個人就能徹底改變。從對過往傷痛的偏執性自溺，轉為對眼前真實世界的關注以及對旅途中所遭遇之切身問題的思考。於是，這種象徵上的順勢療法，便在這一層次上確確實實地產生了效果。

昨日還忙於處理各種日常瑣事俗務的人，只要踏上旅程，便能轉而把時間保留給路上的每一場相遇、每一次發現，以及自我內在的每一分轉變。這種隨著道路持續延伸開展而不斷變化的全新感受與體驗，能把「行者」從日常生活裡糾纏無休的課題與煩擾給拯救出來。在這個過程中，其思緒與意念不斷流轉，其注意力或從周遭景致中的某種氣味轉移到某種聲響，他也因此能夠深入某種不同於以往的視角中。隨著緊緊箍住自己的桎梏鬆脫開來，他將不再感到窒息與不適，取而代之的是可以大口呼吸的暢快感受。在行程與路線規劃方面，即使採取非常隨興的方式來安排，依然不失為一個使人能夠重整混亂、失序之內在的好方法。放下原本的生活節律並踏上一段旅程，可說是一種積極的、有建設性與創造性的斷捨離行動：透過其靈活而有彈性的實踐框架，行動者可以藉由短期的（委身於某個庇護處、旅館或小客棧）或長期的（走上一條漫長的路途）方式來完成自己的目標。同時，這也讓他進入一場漫長幽邃的冥想，並藉此平息其過往人生中紛亂的種種所揚起的波瀾。開始一趟旅程，能夠讓人在墜跌與復元之間維持巧妙的平衡。關於存有的那些精妙隱喻，總是要求我們不斷地超越與克服生命中的阻礙。然而，當一個人身處於旅途之中，他實際上是正在經歷一種自我內在流放的狀態。在這個狀態中，人將藉此更新自己賴以認識世界的參考點，重構價值體系，並再次認識自己的存在與生命質地。

五十三歲的克萊兒身陷在對自我的存在與價值感到無比挫敗的感受之中，並從而偏離了生命的航道，成為一個飄蕩無依的靈魂。此外，她還飽受纖維肌痛症的困擾。因此，她動了從這一切痛苦中短暫出走的念頭，目標是由她自己所居住的比利時新魯汶徒步前往位於西班牙朝聖之路終點的聖雅各—德—孔波斯特拉。對這趟行程的想望也成為了她在迷茫人生中的一塊浮木。神奇的是，在經歷一個月的徒步旅行之後，困擾她許久的身體疼痛問題竟然不藥而癒。而在花了三個月的時間抵達終點之後，克萊兒也重新找回了生命的活力與熱忱（引自蓋爾・德・拉・布霍斯①《行走小書》）。在親身踏上朝聖之路的人之中，有許多已經喪失了生命的重心或是對自身、對世界的信任。他們在岔路口徘徊躊躇、盤算著退路，其中一部分的人則正在嘗試克服這個自我內在的危機，一方面尋找出口，另一方面也想為他們刻意逃避的人生覓得新的意義。出

① 蓋爾・德・拉・布霍斯（Gaële de La Brosse）：法國記者兼編輯。

走，就擁有這種能夠讓人從那些痛苦的、處於崩塌邊緣的生命經驗裡暫時跳脫出來的力量。類似的經驗與實例可說不計其數。舉例來說，長程的徒步旅行有時候會成為一些慢性病患者，如癌症或多發性硬化症，或那些由於生離死別的傷痛、失去工作的沮喪與憂鬱性疾患的困擾等理由而陷入內在紊亂與喪失求生意志之人，用來自我重建的首選工具。在這條道路上，他們會以自己的步調前行，迎向那些在他們生命中欠缺的或是未知的人事物。他們皆已走過了自己一部分的人生，在這趟路程中，他們嘗試的是尋求一股不同的風，一種重塑自我、重獲新生的慾望。一種內在的需求引領著他們走出原本的人生，步入一場充滿未知的旅途。其中真正重要的絕不是任何從這趟徒步旅程中所獲得的東西，而是在行進的過程中，時時刻刻、日日夜夜支持著他們的那股願力。因此，對某些人來說，當他們抵達終點時所感受到的反而是沮喪與失落，因為這意味著他們接著就要面對歸途以及之後的日常生活。願望，總是在實踐的道路上才特別令人著迷。

在徒步旅行的路上，步行者們能夠找到一種改善他們對世界的疏離感的方式。透過一種正面意義上的逃避，他們往往能夠為自己的困乏找到意料之外的解決之道，而這是過去他們苦思良久卻不可得的。隨著日子過去，那些緊繃的、悲傷愁苦的情緒也逐漸消散。當他們從不同的角度重新檢視、解析那些困擾他們多時的艱難問題，其解答往往也就呼之欲出。當人陷入煩惱之中，經常也就等於落入了一個繞不出的死胡同，被困在一個處處阻礙與限制的無限迴圈內，欲覓出口而不可得。在這種時候，一般人往往會透過反覆思索，不斷為自己尋找堅持下去的動能。然而，身體的運動也是一種思想的活動，透過這個方式，我們往往才能突破現狀下的困局，從死路中找到成功離開的可能性。無數的作者，包括我自己，都曾經指出步行對於促進思想的發展有多麼重要。史丹佛大學曾進行過許多實驗，其結果指出走路不但可以提高人類的智力表現，且這一提升更是能夠以科學方式量測的。而真正到戶外去步行對於激發創造力所帶來的幫助，又遠比健身房裡在跑步機上跑步要有效得多。

事實上，透過身體的行動，人們能夠逐漸闖出一條蹊徑、一種看待事物的不同觀點，並使其變得更加圓滑。當人學著放開自我，這一行為也會賦予其更大的自由。在行走的過程中，人會看著不斷後退而永遠無法靠近的地平線，這種恍若無邊無際的遼闊感適足以打破那禁錮著自身的，名為憂慮的牢籠，而其身心也會在此過程中修復。

在旅途中，為了尋找正確的道路，我們有時不得不繞遠路而行。為了減輕這個過程帶來的不適感，我們也因此必須學著不再執拗地將注意力放在身體承受的苦痛，而是適時地將注意力轉移到其他的事物上。如此一來，那些鬱悶與悲傷也都會在這條路途上逐漸消散。當然，如果你踏上旅途是為了想要從人生的某個困境中脫身，那麼你就不應該帶著你的「我執」一同上路，而是必須掏空自己，讓自己真的能對世界敞開心扉才行。有一則道教的故事是這麼說的：「從前有一個人耗費多年入山求仙，卻始終遍尋不著神仙的蹤影。但最後當他閉上雙眼，才發現自己苦苦尋覓的仙山與神靈原來就在自己面前。」如果人的心中放不下那些日常俗務、例行公事，以及物質文明世界中的種種困擾，那麼不管走上多少路恐怕都是不夠的。保持警醒、不自我束縛、擁有開放的心態、避免預設立場，並且具備高度的機動性以免錯過每一個值得讚嘆的可能瞬間，這些特質才是步行者所需。

走上一段旅程，是為了遠離煩憂，以及那些總是把自己拉回這些惱人困局中的日常人事物。在路途中、在旅舍裡相遇的，總是相見不相識的陌生人，但彼此之間卻又能不吝於互相交流與分享。與這些來來去去的過客們共餐、同寢、結伴遊歷時所發生的種種對話，皆能開拓我們的視野，並且讓我們一路上遭遇的挑戰與困難都有了對比和參照的對象，進而讓我們對自己的經歷能更釋懷及淡然處之。而在這過程中發生的對話多半不致冗長，短而專注的聆聽實際上也讓每個人說出的話語都能夠更好地被理解。不論是旅途中的一次小歇、一餐飯、一段行程，或是在旅店所舉辦的一場晚會，每個時刻都同樣充滿驚喜、同樣製造各種相遇，並且也同樣為往後的道路開啟更多的可能性。

二十六歲的雪兒・史翠德①正處於人生中的極度低潮。幾年之前，她失去了母親，她一直無法從那欲絕的哀慟中恢復過來。同時，她又發現一向毫無保留所敬愛著的繼父竟有著令人難以接受的黑暗面。而她的生父更是早在她六歲時就拋下她們母女消失無蹤。最近，她與丈夫之間的婚姻又宣告破裂。在這樣的狀態下，她只能日復一日意興闌珊地做著她服務生的工作。生命中值得珍惜的一切彷彿都離她遠去了。「每天早上，我都有一種好像只能從深邃幽暗的井底抬頭看著頭上遙遠、殘缺的一方天空

① 雪兒・史翠德（Cheryl Strayed）：美國女性作家。

那樣的感覺。」就在她感到近乎窒息、喪失對未來一切希望的這個時刻，她偶然在戶外用品專賣店的層架上發現了一本名為《太平洋岸山徑之旅第一卷：加州篇》的書。她立刻就深深地被這本書的內容所吸引，同時下了一個決定：她要與那個連自己都已不再熟悉的原有生活告別，並踏上這條直線距離長達一千六百公里的山徑（由於道路的蜿蜒曲折，因此實際行走的里程數遠不止如此）。在邁出了通往心中目標的第一步時，她是這麼說的：「我打開門，走入光明之中。」儘管肩上的背包一開始是如此沉重，但當她在路上走得愈遠，那行囊內的東西也隨之變得愈來愈少。

對她來說，這長達三個月的孤身行腳是一場對自身已然傷痕累累的記憶所做的深入探尋與對其重新理解、詮釋的過程。她曾說她「願意留下來，不顧一切地繼續走下去。即便在這條路上可能會遇見熊與響尾蛇，還有從來不曾真的見過但仍讓我畏懼不已的美洲獅；即便身上多了水疱、硬痂，與大大小小的傷；即便在這從莫哈韋沙漠到華盛頓州，長達一千七百七十公里的旅途中必須經受種種筋疲力竭、缺衣少食、寒暑侵逼、枯燥單調、身心苦痛的折磨，以及過往諸般美好和傷痛如影隨形的糾纏。」這趟長途旅行充滿了懷疑、沮喪、痛苦，以及對於在她紊亂的生命中翻攪、作祟不已的悲傷回憶之對抗。然而，在這過程裡依然存在著許多喜悅動人之處，特別是路途上發生的那些內在互動。那些曾經存在於她生命中、卻早已告別這個世界的過客們，成為了陪同她走過這條漫漫長路的旅伴。在途中，她與這些來自過往的亡靈們對話、重新檢視他們的人生，以及他們彼此交會的種種。透過這個過程，曾經構成她的一切似乎漸漸開始剝落：不只是她背包中的隨身物品，還包括了她記憶中那些尖銳的、傷人的、阻礙了她去路的碎片。於是，她終於能夠與自己的過去和解。當她抵達喀喀特德洛克斯，也就是這趟旅程的終點時，她是如此描述當下的心境：「我終於到了。我做到了。這是一種既平淡又激動的感受——這將會是某種在我心裡反覆迴盪、久久不散的私密情感，雖然這一切還沒真的發生，但我就是知道。我定定地呆立在那裡，或許只有幾分鐘的時間，但當下的時間卻彷彿靜止了一般。大大小小的車輛在我身後疾駛而過，而我則感到泫然欲泣。但是，最後我並沒有流淚。」

當人在旅途中保持前進，心境亦會隨之流轉。這時，世界也將重新開始轉動。不知疲倦、拒絕停歇的步伐，正是一個人不願停滯不前、任由傷痛摧折的反應，而這將會把他從自身生命的困局中拯救出來。過去種種不幸與煩憂或許曾經牢牢地攫住他，並且阻滯了他繼續前行的步伐，而今它們也在這個過程中灰飛煙滅。反身觀照自我的內在、放慢原本急促的腳步，以及暫時懸置周遭的世界，這些都有助於人們重新回想起自己的本心。在博納・奧利維年屆六十之時，他遭逢了人生中最絕望、混亂而無助的時刻。他不只失去了工作，更失去了他的妻兒與母親。此刻，他心中滿是過往人生全然失落、恍如夢幻泡影般的空虛與迷茫。於是，他在一九九八年時決定動身從巴黎徒步前往西班牙的孔波斯特拉，走上這條當時尚未爆紅的朝聖之路。在這趟日行三十餘公里的旅程中，他與自己的人生達成了和解，並且驚嘆於路上的每一場相遇、每一個靈光乍現的瞬間。在經歷了多年四體不動的生活形態後，他又重新找回了身體的活力，過去一直讓他頗為哀怨的未老先衰之感則在行進步伐所揚起的塵土之間被拋落，並且就此遺留在這條路上。「我發現，人們總是不斷在尋找某件事物，或就只是在尋找自我。在路途中，每個人也都對他人展露出關切之心。而行走於這條道路上的費時與艱辛，則讓人變得更為謙遜。」透過完成這條自我覺醒之路，他尋回了對於生活的渴望：「若我在這條朝聖之路上未能覓得自己的信仰，我仍會帶著喜悅踏上歸途，並且去尋找、親近那些自始即帶著信仰印記之人……我向自己保證，只要我的能力能允許我走遍世界上的道路，那麼我就會繼續我的旅程。」在那之後，博納・奧利維再次背起他的行囊，走上了從伊斯坦堡到西安，長達一萬二千公里的絲綢之路。他寫道：「持續不斷地走下去，便是一種使人回春的行動。」

尚—保羅・高夫曼曾在黎巴嫩淪為人質並被監禁了三年。囚室的狹小與獄卒蠻橫專斷的管理方式，讓他朝思暮想著有朝一日要回到外面的世界並自由走上自己的旅途，同時他也不斷告訴自己：「若我真能有幸逃出生天，那麼我一定要去一趟凱爾蓋朗群島。」這是他自孩提時代開始便心心念念的願望之一，而日後他也真的實現了這個夢想。在這趟旅程裡，他迎來一場新的試煉，並力抗環境加諸於他的困厄。只不過，這一次是他自己的選擇：「這裡的環境條件極差，總是颳著猛烈的強風，可說是一個孤絕之地——有點像是曾經囚禁了我三年的那個地方。對我來說，這或許可算是那段人質生涯的隱喻，而這樣的感受在整趟旅程中揮之不去。而當我在行進中以緩慢、迂迴的方式對自身之存有進行反思與揭露時，這樣的感受與滋味也始終參與其間。」在凱爾蓋朗之拱，當他見到了浩瀚遼闊的大海時，心中卻無半點自滿或雀躍之情。在路的盡頭之外，「已不再有由往昔無數足跡累加而成的路徑。此處不見任何指標告示。任何外力加諸的說明與資訊，都將扭曲此地最真實的本質。」這裡所有的，僅是呼嘯的風、崎嶇的大地，以及當下真切感受到自己確實重獲自由之身的那番興奮與陶醉之情。此刻的他沉浸在一種無邊無際、遼闊無比的特質之中，但下一步、下一段路程該往何處去，卻已在他心中默默地決定了。

道格・皮考克對於有一定程度危險性存在的山野獨行十分投入。在帶著步步為營的謹慎態度深入險境、或是在棕熊棲地周邊進行長時間活動的同時，他同時以極其謙卑的姿態向近在眼前的死亡叩問生命的意義，作為他在經歷黑暗的過往之後尋求救贖的方式。「在我大約五十多歲的時候，我來到了這裡，透過強迫自己走路的方式來改善自己的健康情形。我嘗試透過規律的步伐慢慢減掉堆積已久的體脂肪，同時讓自己遠離有關戰爭的一切。儘管我有高血壓與高膽固醇造成的健康問題，但我仍持續不斷地走著。對我來說，這樣似乎就能夠通往一個隱隱約約讓我感覺更好的世界，並且讓我的人生有一個全新的開始……我告訴自己，只要我走出過往的封閉生活並且重新開始，不論到時年紀多大，我都會成為生命的贏家，因為我將能夠全心全意地過好我人生中的每一天。」於是，他開始在漫長的踽踽獨行中重建自我。「或許我是該來這裡尋求某種天啟，畢竟在我人生中的一切存在與價值都變得令人懷疑，唯一不變的僅有存在於這片風景中的美。」因此，當他不斷陷入他曾穿行而過的那殘酷又孤寂的空間、與無法從他被戰爭腐蝕的內心所驅逐的深邃黑暗之時，他開始試著向大地尋求其療癒人心的力量。雖然他不曾在戰場上奪走過任何人的生命，但他依然深深感覺到這場殘酷的戰爭給作為軍醫的他，以及所有參與的士兵都帶來了不可磨滅的傷害與汙點。他選擇以孤身一人的方式回歸大地與山林懷抱的姿態，或許可說是對於自我淨化的一種苦澀追求，或是意欲徹底洗去心中殘留之恐懼的深刻盼望。

席爾凡・戴松某次從屋頂墜落，並因此住院了四個月。當他出院回家時，傷勢留下的後遺症仍十分嚴重。當時，他在心中暗自承諾，如果有一天他能完全康復，他就要進行一趟徒步穿越法國之旅。後來，他獨自一人踏上了被他自己命名為「黑色路徑」的旅程，並嘗試在鄉間小道上尋找那彷彿隨著他的墜樓而一併丟失了的人生重心。「不論從生理上、心理上或是倫理上，徒步旅行都帶給我治療的效果。我不曾深入鑽研心理學，因此為了修復我殘敗的身軀，我優先選擇了走路這個方式。結果是：最初舉步維艱、一瘸一拐地出發的我，最後終能以健康的步態回歸原本的生活。我成功地擺脫了出發之前始終在心頭縈繞不去的那些晦暗與陰鬱。」步行，可以抒解緊繃的情緒，使人感到放鬆。透過徒步的過程，人可以學著用完全不同的目光去看每一個曾經熟悉的風景、去面對每件自己過去熟悉的事物，而這會讓他在其中經歷的每一個瞬間都成為全新的挑戰。你無須徑直行到世界盡頭，只要一段路，就足以讓停滯的生活與世界恢復運轉。依據安端・德・貝格的憶述，在一九四七年的法蘭西共和國，當舉國上下都在努力進行戰後重建工作的當口，法國健行協會宣告成立；同時，全法最早的幾條健行路線也完成了探勘與標定作業。在這過程之中，處處皆是新發現，且充滿了驚嘆與許多疑問，同時也打破了以往確立我們自我認知與形象的種種循例和常規，當然，其間自然也免不了有一些倦怠、氣餒與意興闌珊的時刻。但在這種時候，只要試著拓展考察的範圍、更換一個目的地，或是在既有路線上嘗試一個新的走法，讓未知感、不可預測性在我們的行程中再次占有一席之地，這便足夠讓我們重振精神。梭羅是個每天都要花四小時外出漫步的人，他曾經說道，步行的過程不論其長短，皆足以刷新一個人的視野與觀點，並且有助於其放下執念：「一趟兩三個小時的漫步，會帶領我走到一片我從沒想過會看到的陌生土地。在我眼中，一處我過去未曾得見的偏僻農場，或許與達荷美國王的領地擁有同等珍貴的意義和價值。」若一個人能夠傾注足夠的精神與努力，並且願意投入如同完成工作那般的時間成本，那麼步行就會是一種對生命意義的深入探索，以及對於「生而為人的幸運」這種感受的極致追尋。

羅伯特・伯爾特[1]曾對當時被稱為「英國病」的憂鬱情緒進行了剖析與概述，他在書中表明了對於久坐不動、投閒置散的生活模式之反對，但與此相對地盲目、胡亂從事高強度活動則同樣也是他批評的對象。為了對抗這兩者，他提出了「一種處方，即透過審慎、合宜的運動達成同步鍛鍊身體與精神的目的，並且將其作為治療此種疾患與保持身心健康的根本性手段」。而由於人在戶外徒步行走過程中能夠進行真正自由而暢快的呼吸，從而實現身體的「透氣」，因此這在伯爾特眼中就成了一種喚醒生命意趣與活力的絕佳方法。英國史家喬治・麥考萊・泰瑞維廉[2]則以自己的方式描述

①羅伯特・伯爾特（Robert Burton，1577-1640）：英國作家。
②喬治・麥考萊・泰瑞維廉（George Macaulay Trevelyan 1876-1962）：英國歷史學家。

了相似的概念：「我身邊有兩位醫師，分別是我的左腿與我的右腿。每當我感到身心狀態不佳時（身體與心理對我來說緊密相連，當憂鬱感染了其中一方，另一方也會隨之受到影響），我知道只要找這兩位醫師，狀況就能夠得到改善……當我的身體動起來，我的心緒亦會隨之飛揚……當下，它們就如同勇敢的小童子軍一般開心地嬉戲、打鬧。」

在年輕的時候，我曾離家進行一場我本以為不會有返程的旅行。當時的我只想著從世界上消失。當我在巴西進行這場虛無的浪遊，我在每個夜裡逡巡，試圖找到說服自己繼續活下去的理由。從里約、雷西非、聖路易斯、貝倫，到瑪瑙斯，我見證了每座城市的美麗。我不停地走著，但沒有任何人事物能減緩我內在的崩塌與無盡的墜跌。我感受不到自己存在的意義。最後，我發現唯有踏上歸途，才能讓我確信自己確實獲得了某種重生，或者真正意義上通過了某種上天所給予的試煉。我的旅程，即使是在亞馬遜的那一段，只不過是一場精巧的偽裝，隱藏於其間的仍是某種執拗、某種對改變的抗拒。因此，不論在這趟旅途中我行經何處、閱歷幾般，那都無法引領我靠近自己內在真正的本心。但不論如何，這趟旅程依然成為某種隱喻，並默示了在我自身內部所發生的變化。最終，一趟真正的旅程，其目的不在離開或前往這世界上的任何一處，而是從自己親手築起的窠臼與牢籠中走出來的這一段路。我曾不斷追問各種有關自我存在的問題，然而不論是道阻且長的遊歷、堅持不輟的書寫，或是那些在乘風破浪的船隻裡與日暮時分的海灘邊所進行的繁冗對談，皆無能就我的提問給予回答。當我決定不再苦苦追尋夢想中的答案並掉頭折返時，才終於找到了自我。至此，我不再受到對於解答的執著與特定想像所束縛。我轉而探索未知，發現了一系列全新的問題，這讓過去總讓人感覺像是陷阱一般牢牢困住我的這個世界與流動於其中的時間都鬆開了鉸鏈：它們在我面前展現出了開放性，而我也從中得到了自由。想像力是一份珍貴的禮物，透過這個能力，我們就能開啟通往遼闊新天地的每一扇門。在行腳路途之中，真正重要的不是一個人做了什麼事，而是他如何完成它們。有關生命出路的提示，其實就隱藏在一個人觀看世界的方式裡。我所追求的那個亞馬遜並不存在於物理世界，而是在我的心中。在那些年裡，我走過許許多多的城市。從亞馬遜到印度、從日出到日落，有時更須忍受如地獄業火般猖狂而酷烈的熾熱。在這些旅程裡，我總試圖藉由耗盡所有的體力來強迫自己停下腦中永無止境的胡思亂想。雖然今日的我已經逐漸尋回了生命的重心，但當我獨處時，卻還是如過去那般在一座又一座的城市，一處又一處的風景裡無止境地走下去。畢竟在每一次的徒步經驗裡，不管我們走得多遠，似乎都還是缺了關鍵性的下一步。這也讓我們總是在每一個明天、在每一段尚未浮現的未來，都還是選擇繼續走下去。正是這一切的一切，讓我們有了不斷重新投入、重新開始的願望。

歸途的憂鬱

「不過這並非結束。只是一個嶄新的開始。來吧。」

——博納・奧利維《乾草原的風》

一場徒步行腳必然涉及至少三個與時間有關的層面：起初，我們夢想著它；其次，我們實踐它；接著，我們記憶並講述它。即使一段旅程實際上已經結束，它依然存在於我們的記憶與我們所傳述的那些故事之中。「這場旅行最初只是出於一個想像，但隨著他的出發而真正成為現實。所謂旅程就是在這樣的堅定步伐中逐步開展、延伸出去的。」（引自維克多・謝閣蘭《出征：真國之旅》）一場長途跋涉的壯遊會給實際參與過的人帶來許多不同的影響，其涉及的部分可能包括對過往生命歷程的反思，或是對於自我意識及感受的重整。因此，對於這些行腳者而言，返家並返回過往那個規律而一成不變的人生，也就不見得具有絕對的必要性。職是之故，某些前往孔波斯特拉的朝聖者會決定繼續以步行的方式返家，以便擁有更多的時間與自我內在的慾望對話。對於很多人來說，踏上朝聖之路，或是其他任何一條長程的壯遊路線，只不過是首序曲，真正的旅程總是在抵達終點之後才正式開始。不論他們在這為時數週的旅途中發生了什麼內在的轉變，或是成為了一個更成熟的自己，其中大部分的人在行程結束之後還是必須回歸到原本的生活，不同的是他們將從此懷抱著在路途上所收穫的一切感動回憶。某種程度上，挑戰長程徒步健行的旅者或許有些像潛水員：回歸往日生活的過程就像從深海回到水面，必須緩步、階段性地進行，以避免因短時間內劇烈的環境變化而造成身心的不適。而這段將自己從社會中短暫抽離的經歷所創造出的距離感，則會讓他們之後與世界之間的關係變得更健康而有活力。他們從中獲得了好奇心、耐性與對世界的讚嘆，同時也至少會在一段時間內改善因為缺乏刺激、循環不已的單調日常而造成的麻木感。在經歷了數週充滿不確定性的旅程，其間危機的發生與補救等皆成為日常之後，他們將會意識到人所經歷的每一個當下都是如此脆弱而又如此珍貴。最終，這場不論意義與功能似乎都難以被清晰描述的出走行動，會大幅改變參與者對於事物的看法。此種改變未必是訴諸信仰觀點或是宗教精神，它在更大程度上涉及的是人們在日常生活中貫徹的態度及價值。此外，透過這樣的一趟路途，也會強化人與其生活、其存在之間的連結，使人生的況味更形豐富，並進而為其賦予更多生命的意趣及活力。此後，當他們再次遭逢困境時，那些從壯遊中收穫的經歷便會成為其心中的祕密花園、內在的避風港，一個「記憶所繫之處」。這樣的個人歷程有時會成為生命中的美好注腳，並且對其人生發揮長期的影響力。這個影響力的持續時間遠比為期數週的旅程要長遠得多，往往能在人們面對各種事件、不同挑戰的時候，協助其制定決策、做出根本性的改變，或是採取更妥適的姿態來處理。

然而上述的這一切好處是否發生，終究是取決於徒步者願意對這趟路程投注多少。有些人即使進行了這樣的壯遊，但依然沒有對他的人生帶來什麼顯著的改變，而且在旅程結束之後很快就又回到過往的那種生活模式裡。如果一趟出走只是出於某種對於自我展演或是社群連結的追求，那麼這樣的經歷不但很難真的改變一個人看待世界的方式，恐怕反而會使他原本對世界的認識框架變得更為牢不可破。另外，還存在著一些完全不受這種經歷影響與改變的人。他們總是放不下與社群、與世界之間千絲萬縷的聯繫，彷彿這些連結化為一條實體的線綁在他們的腳上一般，而這正是他們自絕於生命靈光的方式。於是，旅行變得不再是一種斷捨離的行動，透過遠行而在人與社會之間創造出的物理距離終究還是會被電話或手機訊息等聯繫方式給抹消。當一個人總是手機不離身的時候，他就不會是以真正從容與灑脫的態度進行他的旅程。相反地，在整趟旅途中，他會沉浸在跟他出發之前一模一樣的憂煩與苦惱裡，而他將體驗不到這趟行程中的任何一點不便與不適之處。這就形同於他將整個本來就環繞著自己的小世界都帶著一同上路，讓他不論身在何處都能持續待在自己的舒適圈內，而在遼闊無垠的天地之間那些值得讚嘆的美好、那些奧妙的存在都與之無關。一句冗餘的話語，就能毀掉生命當下的一點美好。最終，在踏上歸途時，他對於這趟旅程實際上將無話可說，因為他已將一切足以化為珍貴回憶的資源都揮霍在數不盡的對外聯繫與通訊過程中了。

返家，是一個讓我們重新愛上過往熟悉的一切的矛盾過程。如果出走是一個讓我們暫時逃離人際上、社會上與職場上那些一成不變的例行公事並且獲得喘息空間的機會，那麼一場超乎預期的自我放逐行動，往往會讓我們帶著不同以往的視野和觀點回來重新審視那些舊日生活中的點點滴滴。因此，在這層意義上，我對於一場旅行的去程與回程是一樣熱愛的。更何況，不論去程或回程，它們都是漫長旅途的一部分。一場旅行的開始總是源於某些夢想、某些對於過程與目的地的期望和想像，而我們在旅途中所留下的印象與回憶，則會在旅行結束之後，持續不斷地為我們的人生提供養分。這又將構成我們準備下一次的出發、描繪下一份夢想的參考藍圖，不論這個尚未成形的未來行程是僅需花費幾個小時的健行也好，或是一場為期數週的壯遊也罷，那些過往的經驗都會在其中發揮深遠的作用。在下一趟旅行的道路上，又會有什麼樣的驚喜，什麼樣的發現，什麼樣的遭遇在等待我們呢？

Soul 010

行走的人

獲致幸福的恬靜藝術

Marcher la vie: Un art tranquille du bonheur

填回函雙重禮
① 立即送購書優惠券
② 抽獎小禮物

作者—大衛・勒・布雷頓（David Le Breton）
譯者—粘耿嘉
出版者—大田出版有限公司
台北市一〇四四五 中山北路二段二十六巷二號二樓
E-mail—titan@morningstar.com.tw http：//www.titan3.com.tw
編輯部專線—（02）2562-1383 傳真：（02）2581-8761
總編輯—莊培園
副總編輯—蔡鳳儀
行銷編輯—陳映璇
行政編輯—林珈羽
校對—黃薇霓／黃素芬／粘耿嘉
初刷—二〇二二年二月一日 定價：三八〇元
網路書店—http://www.morningstar.com.tw（晨星網路書店）
TEL：04-23595819 FAX：04-23595493
購書Email—service@morningstar.com.tw
郵政劃撥—15060393（知己圖書股份有限公司）
印刷—上好印刷股份有限公司
國際書碼—978-986-179-679-6 CIP：876.6/110011981

國家圖書館出版品預行編目資料

行走的人／大衛・勒・布雷頓著；粘耿嘉譯．
——初版——台北市：大田，2022.02
面；公分．——（Soul；010）

ISBN 978-986-179-679-6（平裝）

876.6 110011981

Cet ouvrage, publié dans le cadre du Programme d'Aide à la Publication « Hu Pinching », bénéficie du soutien du Bureau Français de Taipei.
本書獲法國在台協會《胡品清出版補助計劃》支持出版。